Heibonsha Library

農民ユートピア国旅行記

Путешествие Моего Брата Алексея
В Страну Крестьянской Утопии

平凡社ライブラリー

Heibonsha Library

農民ユートピア国旅行記

Путешествие Моего Брата Алексея
В Страну Крестьянской Утопии

アレクサンドル・チャヤーノフ著
和田春樹・和田あき子訳

平凡社

本訳書は、一九八四年九月、晶文社より刊行されたものです。

目次

第一章　社会主義の勝利とわが主人公アレクセイ・クレムニョフを読者各位にご紹介する章

とっくに真夜中を過ぎているというのに、総合技術博物館の大ホールは超満員で息苦しいほどだった。そこから男が一人ぬけ出してきた。この男、労働手帳第三七四一三号所持者は、以前ブルジョワ世界ではアレクセイ・ヴァシリエヴィチ・クレムニョフと名のっていた。

静まり返った通りは秋のもやにおおわれていた。まばらな街灯は、いくつか先の交叉点のあたりではもう見えなくなっている。風が黄色になった街路樹の葉をゆり動かし、暗闇のなかでキタイ・ゴロド[*1]の壁がお伽噺の大男のようにほの白く浮びあがって見えた。

クレムニョフは、角を曲がってニコリスカヤ通りへ出た。もやのなかで、この通りは昔のままのたたずまいを残しているように思われた。夜気が湿っぽく、体が冷えてきたので、レインコートの襟を立ててみたが、効果はなかった。ウラジーミル教会とパンテレイモン礼拝堂を目にして、クレムニョフは感傷的になった。ずっと昔、あれは法学部の一年生の時だったが、ちょうどこの右手にあったニコラーエフの古本屋で、フレロフスキー[*2]の『社会科学のABC』を感激して買った時のことが思い出された。三年後にはエリセイ・シーリンの店で「ノヴゴロドの救世主」を見つけて、イコンの収集をはじめたのだった。それから新たな魅力にとりつかれて、目を輝かせながらシバノフスキー骨董店に通っては、写本や書物の宝の山を何時間もひっくり返していた時のことが蘇えってきた。その骨董店には、いまは「グラヴブム」[*3]という簡単な標札がかかっているのがかすかな街灯の光で読みとれた。

そうした反革命的な記憶を払いのけると、アレクセイはイヴェルスキー門の方に折れ、ソヴェト第一会館[*4]のまえを通り過ぎて、モスクワ特有の横丁の闇のなかに入りこんでいった。

頭のなかでは、博物館での集会で聞いたばかりの言葉や文句の端々がガンガン鳴り響いていた。

「家庭の台所を破壊することによってわれわれは、ブルジョワ体制に最後の一撃を与えるのだ」

「家庭での食事を廃止するわれわれの法令は、われわれの日常生活からブルジョワ的な家庭的幸福という毒素を取り除き、永遠に社会主義的原理を確立するであろう」

「家庭の居心地のよさが、所有者的願望を生みだすのであり、一家の主人たる喜びは資本主義の種子をはらんでいるのだ」

疲れきった頭は痛んだが、いつもの癖で、考えるとはなしに考え、とりとめもなく意識を働かせていた。足の方はこわれかかった家庭の台所へと機械的に進んでいた。まさに各家庭の台所はいま説明のあったばかりの一九二一年十月二十七日の法令にしたがって、一週間の内に完全に廃絶されることになっていた。

第二章　あるソヴェト勤務員の火の出るような空想にゲルツェンがいかに影響を与えるかを語る章

大きな一切れのパンは、神のお恵みであるスーハレフカ[*1]のありがたい贈りものだ。それにバターをぬると、アレクセイはわかしておいたコーヒーをカップに注ぎ、仕事用の肘掛け椅子に腰をおろした。

大きな窓ガラス越しに都市《まち》が見えた。下の方には、夜のもやのなかを街灯の列がミルク色の明るい斑点をなして延びていた。黒いどっしりした建物のそこここに、まだ明かりのついている窓がぼんやりと黄色く見えた。

「とうとう実現されたのだ」夜のモスクワを眺めながら、アレクセイは考えた。「老モリス[*2]よ、善良なるトーマス[*3]よ、ベラミ[*4]よ、ブレチフォード[*5]よ、そして人のよい、心やさしきユートピア主義者の諸君よ。君たちの孤独な夢想は、いまや一般的信念となり、この上ない暴挙と見えたものが公認の綱領、日常茶飯事となったのだ！　社会主義は、革命四年目にして自他ともに許す地球の全一的支配者となったのだ。満足だろうね、ユートピア主義の先駆者たちよ」

　クレムニョフは、書棚のうえにかかっているフーリエ[*6]の肖像に目をやった。

　彼は古参の社会主義者で、世界国民経済会議[*7]の部長をつとめる大物ソヴェト活動家なのに、なぜかこの夢の実現にはひっかかるものがあった。去りゆくものへの一種の漠たる哀惜を感じていた。ブルジョワ心理の蜘蛛の巣に似たものが、まだ彼の社会主義的意識を曇らせているのだ。

　彼は書斎の絨毯の端を行ったり来たりしながら、本の装丁に目を走らせていたが、ふと、なかば忘れていた書棚に一列に並んだ小型判の本に目を止めた。チェルヌイシェフスキー、ゲルツェン、プレハーノフの名が、本格装丁の革の背表紙から彼を見つめていた。人はよく子どもの頃のことを思い出してほほえむことがあるが、あれと同じほほえみを浮べると、彼はパヴレンコフ版[*8]のゲルツェンの一冊を書棚から取りだした。

時計が二時を打った。打つまえに長く唸り、打ちおわるとまた静かになった。

クレムニョフの眼のまえに、すばらしい、高尚な、子どものように無邪気な言葉が飛びだしてきた。読んでいくうちに心を奪われ、若い日の初恋やはじめての誓いを思い出したときのように胸が熱くなってきた。

頭がソヴェト的日常性の催眠作用から解き放たれたかのようで、意識のなかでは新しい、いつもとはちがった思想が動きはじめ、別のバリアントで物を考えることができるようになった。

クレムニョフは心を躍らせて、とうの昔に忘れてしまっていたあの予言のページを読んだ。ゲルツェンは書いていた。

「この弱く、病的で愚かな世代は、何か噴火がおこって熔岩がその上を覆い、年代記のなかに忘れさられるまではなんとか生きながらえよう。そして、そのあとは？――そのあとは春が来て、若い生命が彼らの墓石の上に花咲くことだろう。……若い民族の青春の胸に、たくましい新鮮な力が湧きいで、事件の新しいサイクルが、世界史の第三巻が始まることだろう。われわれは今からその主調音がどんなものか理解できる。それは社会主義思想に属するものであろう。社会主義はその極限にまで、不合理に達するまで、その全面において発達をとげることであろう。その極限に達すれば、またしても革命的少数者の巨人の胸から否定の叫びが湧きおこり、再び死闘が始まるであろう。そして、そのなかで社会主義は、今日保守主義が占めている位置を占めるようになり、将来の、われわれの未知の革命によって打ち敗られることであろう……」〔外川継男訳『向う岸から』現代思潮社〕

「新しい反乱。いったいどこにあるのだ？　どんな思想の名のもとにおこなわれるのだ？」彼は考えこんだ。「自由主義の教義はいつも弱体だった。イデオロギーを創造することもできず、ユートピアを持つこともなかったからだ」

彼は憐みの笑みを浮べた。おお、ミリュコーフ[*9]、ノヴゴロドツェフ[*10]、クスコーヴァ[*11]、マカーロフ[*12]の輩よ、あなた方は自分たちの旗にいかなるユートピアを描けるのか？　資本主義的反動の非開化主義のほかに、社会主義体制に代わる何があるというのか？　なるほどわれわれが住んでいるのは社会主義の楽園とはほど遠い。しかし、あなた方はそれに代わって何を与えられるというのか？

突然ゲルツェンの本がピシャリと音を立ててひとりでに閉じたかと思うと、八つ折りや二つ折りの大判の本が束になって書棚から落ちてきた。

クレムニョフは身震いした。

部屋のなかに硫黄の臭いがたちこめ、息もできないほどになった。大きな壁時計の針がぐるぐる回りだし、狂ったように回ったまま視界から消えてしまった。日めくりカレンダーの紙がひとりでに音を立てて剝がれると、宙に舞いあがり、紙の渦巻が部屋いっぱいにできた。壁がどういうわけか曲がり、震動した。

クレムニョフは頭がくらくらして、額に冷汗がにじんだ。体に震えがきて、あわてた彼は食堂に通じるドアに体当りした。なかにとび込むと、ドアは木が折れるような音を立てて閉まってしまった。電灯のスイッチを探したが、見つからなかった。スイッチが元の場所にないのだ。暗がりのなかを進んでいくと、得体の知れない物にぶつかった。目が回り、船酔いしたように意識がもうろうとしてきた。

ぐったりしたアレクセイは、いままでそこになかったソファーのようなものに腰をおろすと、そのまま意識を失った。

第三章　クレムニョフがユートピア国に姿を現わし、ユートピア国のモスクワ女性と二十世紀絵画史をめぐってたのしい会話をするさまを描く章

銀の鈴を振るような電話のベルでクレムニョフは目がさめた。

「アロー、はい、私です」と女性の声が聞こえてきた。「ええ、お着きになったわ。……きっとゆうべのうちよ……まだ寝てらしてよ。……とってもお疲れの様子で、着替えもせずに寝てしまわれてるの……いいわ、こちらから電話します」

声は止み、スカートの衣ずれの音からその音の主が部屋から出ていったことがわかった。クレムニョフは、ソファーの上に身を起こしたが、驚きのあまりいっぺんに目がさめてしまった。

そこは朝日の光がいっぱいにさしこんでいる大きな黄色い部屋だった。奇妙な、見たこともない様式の、黄緑の布を張った赤い木製の家具がおいてある。窓には半びらきの黄色いカーテンがかかり、不思議な金具のついた机などが彼をとり囲んでいた。隣の部屋から軽やかな女性の足音が聞こえてきた。ドアの軋む音がして、やがてまたしーんとなった。

クレムニョフは何が起こったのか知りたいという衝動にかられて立ちあがると、窓のところへとんでいった。

青い空には厚い秋の雲が船のように浮んでいた。それと並行に、少し下の方の地上すれすれのところでは、小さいのや大きいのや変わった形をした飛行機が何機か滑空し、回転する金属部品が陽を受けてキラキラ輝いていた。

下の方には都市が広がっていた。まぎれもなくモスクワだ。

左手にはクレムリンの塔が巨人のようにそそり立ち、右手にはスーハレフカの塔[*1]が赤っぽく見える。クレムリンのはるかむこうにはカダシ[*2]が堂々と高くそびえている。

すでに長年慣れ親しんできた眺めだ。

しかし、なんと変わってしまったことだろう。かつて地平線を遮っていた石造りの大きな建物はどれも姿を消し、たくさんあったビルの群れも見あたらず、ニレンゼイ会館ももとの場所にはなかった。かわりに四方八方すべてが公園のなかに沈んでいた。枝の広がった木立がそここにビルの群れを孤島のように残しながら、クレムリンにいたるまでほぼすべての空間を埋めつくしていた。並木通りは緑の海、いまはもう黄色の海と化していた。その通りを歩行者や自動車や乗り物が生きた流れとなって動いている。すべてがある特別な新鮮さと確たる活気にあふれていた。

まぎれもなくここはモスクワだ。だが、これは新しい、すっかり明るく変容したモスクワだった。

「ユートピア小説の主人公になったんだろうか？」クレムニョフは絶句した。「どうやらとんでもないことになったようだ！」

事態を見きわめるために、彼はまわりを観察しはじめた。自分をとり囲んでいるこの新しい世界を認識する手がかりが、何か得られるだろうと思ったのである。

「この壁の外には何が待ちうけているのだろうか。啓蒙され、強固になった社会主義のよき王国だろうか。公爵ピョートル・アレクセーエヴィチ[*3]が説いた驚異の無政府状態だろうか。復活した資本主義だろうか。あるいは、新しい、前代未聞の社会体制だろうか」

窓から判断しうる限りではっきりしていることが一つだけあった。それは人びとは物質的に恵まれ、文化的にも十分に高い生活をしており、しかも共同生活をしているということだった。しかし、まわりの状況の本質を知るにはそれだけではあまりに不十分だった。アレクセイはさらに身のまわりの品々をくい入るように観察したが、大したことは得られなかった。

大部分は日用品で、やたらに目につくのはその凝った装飾、造りの精巧さと豪華さ、ロシアの古代を思わせるようでもあり、ニネヴェ[*4]の装飾を思わせるようでもある奇妙な様式であった。一言でいえば、それは極度にロシア化されたバビロニア様式[*5]であった。

クレムニョフが目をさました、とても深くて柔らかいソファーのうえには、大きな絵がかかっていて、彼の注意をひいた。

一見したところでは、父ピーテル・ブリューゲル[*6]の古典的作品だと自信をもっていえた。高い地平線のある構図も同じだし、特異な明るい色調も同じだし、細かい人物も同じだった。だが、カンバスに描かれているのは、色物の燕尾服を着た男たちや傘をさした婦人たちや自動車などで、まぎれもなく主題となっているのは飛行機の出発といった類いのものなのだ。隣の小テーブルのうえに置かれているいくつかの複製画にも同じ性格が見られた。

クレムニョフは、きめのこまかいコルクのようなものからできている大きな仕事机の方へ近づくと、机のうえに散らばっている本を期待しながら観察しはじめた。そこにあったのは、ヴェ・シェール[*7]の『社会主義の実践』の第五巻、『クリノリン〔硬布のスカート〕の ルネサンス――現代モード研究試論』、二巻本のリャザーノフ[*8]の『共産主義から観念論へ』、エ・クスコーヴァの回想の第三十八版[*9]、『青銅の騎士[*10]』の豪華版、それに『Vエネルギーの変化について』というパンフレットであったが、ついに彼は真新しい新聞〔巻末に収録〕を手にして、興奮した。

どきどきしながら、クレムニョフは大きくはない紙面を広げた。題字のしたに日付があった。一九八四年九月五日二十三時。彼は六十年の歳月を跳びこえていたのだ。

クレムニョフが目をさましたのが未来の国であることはもはや疑いの余地がなかった。

彼は新聞の紙面をむさぼり読んだ。

「農民」、「過ぎし都市文化の時代」、「国家集産主義の悲しむべき記憶」……「それは資本主義の時代、つまり有史以前の時代のことである」。「英仏の閉鎖体制」といった語句やその他のおびただしい数の語句が、どれもこれもクレムニョフの脳裡に突きささり、彼の心は驚きと好奇心でいっぱいになった。

電話のベルが鳴ったので、彼の思索は断ち切られた。隣の部屋で足音が聞こえた。ドアがあき、太陽の光とともに若い娘が入ってきた。

「あら、もう起きておられましたの……」彼女は屈託のない調子で言った。「昨日はわたし寝入ってしまいまして、あなたのお着きになったのに気づきませんでした」

電話のベルがなんども鳴った。

「失礼します。兄があなたのことを心配してかけてきたんですわ……。アロー、はい、もう起きていらっしゃるわ……よくはわからないわ、いまうかがってみます……あなたはロシア語を話されますか、ミスター……チャーリー……マン……、これでよろしいかしら?」

「もちろんです、もちろんです」自分でも思いがけないほど大きな声でアレクセイは叫んだ。

「話されるわ、それもモスクワ風のアクセントで。わかったわ、代わります」

あっけにとられたクレムニョフは旧時代の受話器を思わせるものを受け取った。相手は柔らかい低音の持ち主で、挨拶のあと、三時にやってくると約束し、妹が万事お世話するからといった。受話器を置きながら、彼は自分がチャーリー・マンという名の別人と間違えられていることをいよいよはっきりと悟った。

娘はもう部屋にはいなかった。なりふりかまわずテーブルの方に駆けよると、アレクセイは文書や電報の束のなかからなんでもいいから周囲の秘密を解く手がかりを見つけだそうとした。

うまくいった。彼がまず手に取った手紙がチャーリー・マンと署名されたもので、そこには、ロシアを訪れ、農業分野での技術的設備を知りたいという希望が簡単にのべてあった。

第四章　第三章のつづき。章が長くならないために独立させた章

ドアがあいて、若い女主人が部屋に入ってきた。朝食ののった盆を頭上高く運んできてくれた。湯気が立っている。

アレクセイはこのユートピア国の女性に魅了された。そのほとんど古典的といえる頭は、がっちりした首のうえに理想的に坐っており、その肩は広く、豊かな胸は息をするたびに上衣の襟をもちあげていた。

自己紹介のあと一瞬の沈黙があったが、すぐに活発な会話がはじまった。クレムニョフは自分が話し役にならないようにし、話題を芸術の分野にもっていった。その方が壁に何

枚も美しい絵のかかっている部屋に住むこの娘を困らせないと思ったのだ。

パラスケーヴァ[*1]という名のこの若い娘は、若者らしい情熱をこめて自分の好きな巨匠たち、父ブリューゲルやヴァン・ゴッホや老ルイブニコフや壮麗なラドーノフなどについて話した。彼女はネオ・リアリズムの熱烈な傾倒者で、芸術のなかに事物の神秘、神のものか悪魔のものかわからないが、ともかくも人間の能力を超えた何かを求めていた。

彼女は、存在するすべての物が至高の価値をもつことは認めていたが、芸術家には宇宙の創造主と同質なものを求め、絵画の価値は魔術的な力、つまり新しい本質を与えるプロメテウスの火花にあるとしていた。彼女が本質的に親近感をもっていたのは、フランドルの旧い巨匠たちのリアリズムだった。

彼女の言葉から、フトゥリズムと古い伝統の極端な破壊を特徴とする大革命時代の絵画のあとに、バロック風のフトゥリズム、おとなしい、甘くなったフトゥリズムの時代がやってきたことをクレムニョフは知った。

ついで、反動として、台風一過の晴れた日のように技巧への渇望が前面に押しだされた。つまり、ボローニャ派[*2]が流行しはじめ、プリミチヴ主義者たちは、いつの間にか忘れられ、メムリンク[3]、フラ・ベアト、ボッチチェルリ、クラーナハ[4]の絵を陳列した美術館の部屋は訪れる人もほとんどなくなってしまった。ところが、時代の枠にしたがいながら、その芸術性を失うことなく技巧は徐々に装飾的傾向をおび、ヴァルヴァーリン[5]の陰謀時代の記念碑的な油絵やフレスコ画を創りだした。静物画と青の絵具の時代は嵐のように過ぎさり、そのあとで世界の画壇を支配したのは十二世紀のスーズダリ[6]のフレスコ画であり、ピーテル・ブリューゲルを最大の人気画家とするリアリズムの王国がやってきたのであった。

知らないうちに二時間がたっていた。アレクセイは自分の話し相手の深味のある美しい低音に耳を傾けていたのか、それとも彼女の頭のうえに結われた重そうな編み上げ髪を眺めていたのかよくわからないほどだった。

大きく見ひらかれた注意ぶかそうな瞳と首のほくろが、ネオ・リアリズムの優位性をなににもまして物語っていた。

第五章　クレムニョフが一九八四年のモスクワを知るためにどうしても必要な長い章

「車で町じゅうをご案内します」パラスケーヴァの兄ニキーフォル・アレクセーエヴィチ・ミーニンは、クレムニョフを自動車に乗せながら言った。「今日のモスクワをご覧になれますよ」

車は動きだした。

市は切れ目のない一つの公園のように見えた。右や左にビルの群れが現われたが、それは小さな、置き忘れられた九柱戯の柱に似ていた。

ときおり並木通りを不意に曲ったりすると、大部分十七世紀と十八世紀に建てられたおなじみの建物がクレムニョフの眼のなかに飛びこんできた。

黄色くなった楓の木が生いしげる向こうにバラーシ[*1]の円屋根が垣間見え、菩提樹が脇に退くと、中学生のころクレムニョフが毎日そのまえを通ったラストレルリ設計の建物[*2]の壮大な外形が現われた。一言でいえば、彼らはユートピア国のポクロフカ通り[*3]を通っていたのだ。

「モスクワの人口はどのくらいですか?」

クレムニョフは連れに聞いた。

「その質問に答えるのはそう簡単ではありませんね。もしも市の領域を大革命時代の範囲として、ここに恒常的に住みついている住民と考えるなら、現在、おそらくもう十万人になっているでしょう。しかし、約四十年まえ偉大な都市廃絶法が出た直後には、ここにいたのは三万人以下でした。もっとも、日中には、もし来訪者やホテルの滞在客を全部数に入れると、たぶん、五百万人を超える数にもなるでしょうね」

車は速度を落とした。並木道はもう狭くなっている。建物のブロックはますます建てこんできて、古い都市型の通りになりはじめた。何千台もの車や馬車が列をなしてひとつづきの流れとなって市の中央部に向かい、広い歩道をとぎれることなく歩行者の群れが動いていた。黒い色がほとんど見あたらないのは驚きだった。男たちの上衣や仕事着はライト・ブルーか赤か青か黄のほとんどどれも単色だ。それとまざりあう女たちのドレスはカラフルで、一見スカートつきサラファンを思わせるが、それでもやはり型は多種多様であった。

群衆のなかを新聞売り、花売り、蜜湯[*4]や煙草の売り子たちが行き来していた。人びとの頭や乗物の流れのうえには、竿からつりさげた横幕や小旗が波うち、陽の光に輝いていた。馬車の車輪すれすれのところを少年たちが駆けまわりながら、何か新聞を売り、相当に乱暴な口調で叫んでいた。「決勝戦だよ！　ヴォログダのヴァーニャとテル＝マルケリヤーンツの対決だよ！　ジョーフ2で、ニーチカ1だよ！」

群衆のなかでにぎやかに口論がおこり、甲高い叫び声がとびかっていたが、「プローツカ」と「ニーチカ」という言葉がなんどもなんども繰り返されていた。

クレムニョフは驚いて自分の連れを見あげた。相手は笑いながら言った。

「国技なんです！　今日はバープキ競技[*5]の名人位をかけた民族対抗競技会の最終日でし

てね。チフリスのチャンピオンがヴォログダの名人とバープキ競技の名人位を争っているんです。……ヴァーニャが負けることはまずないでしょうから、夕方までには劇場前広場で彼が第五代チャンピオンになるのが見られるでしょう」

車はさらに速度を落とし、キタイ・ゴロドの壁やヴィターリ[*6]の天使たちの像が残るルビャンカ広場を通りすぎて、活版印刷創始者[*7]の像のまえを下っていった。劇場広場は人の頭の海で、花火のように陽光に明るく光る旗で埋まり、何階もの観覧席はボリショイ劇場の屋根まで届く高さになっていた。群衆の歓声があがっている。

バープキ競技はいましもたけなわであった。

クレムニョフは、左の方を見たが、そのとたん心臓がどきどき鼓動しはじめた。メトロポール・ホテルがないのだ。その場所には小公園が作られていて、砲口でできた巨大な円柱がそびえていた。その砲口には螺旋状にレリーフのある金属製のリボンが巻きつけられており、巨大な円柱のうえには三人の青銅の巨人が立っていた。それらの像は互いに肩をならべて親しげに手をとりあっている。クレムニョフはよく知られた顔の特徴を見分け、危うく叫び声をあげるところだった。親しげに手をとりあって、何千もの砲口のうえに立っていたのは、まぎれもなくレーニンとケレンスキーとミリュコーフだったのだ。

車は急に左にまがり、記念碑のほぼ真下を通った。

クレムニョフは、レリーフの人物を何人か見分けることができた――ルイコフ、[8] コノヴァーロフ、[9] それにプロコポーヴィチ[10]が雷管のまわりに一団をなしており、セレダー[11]とマースロフ[12]は種まきをしていた。連れはそれに答えて、クレムニョフはつい、いったいどうなっているんだ、と叫んでしまった。連れはそれに答えて、火のついたパイプをくわえたまま、口のなかでもぐもぐいった。

「大革命参加者たちの記念碑ですよ」

「あの、いいですか、ニキーフォル・アレクセーエヴィチ、これらの人物が存命中にこんなに仲の良いグループだったことなんかまったくなかったんですよ！」

「でも、歴史的パースペクチブにおいてみるとこれらの人物は一つの革命事業の同志たちなのです。そして、これはどうか信じていただきたいのですが、いまのモスクワっ子たちは彼らの間にどんな相違があったかなどまるで知りません。こら！ 畜生！ 危うく犬をひき殺すところだった！」

自動車は左の方に寄り、犬を連れた奥さんは右の方に寄った。向きを変えると、車は一種の地下の管のなかにもぐりこんだ。煌々と明かりのついた地下トンネルをものすごいスピードであっという間に通りぬけたかと思うと、モスクワ川の川べりに向かい、小さなテーブルがいっぱい並んだテラスのそばに止まった。

「出かけるまえにジュースでも飲みましょう」とミーニンは言い、車を降りた。

クレムニョフはあたりを見まわした。彼らのまえには大きな橋がそそり立っていたが、その橋はピカール[*13]の版画からとびだしてきたのかと思うほど、そっくりそのままに十七世紀のカーメンヌイ・モスト[*14]を再現していた。それに、そのうしろには、これ以上はないというほど壮麗な金色の円屋根を輝かせながら、クレムリンが八方を黄色の森に囲まれてそびえていた。

伝統的な白ズボンとルバーシカを着た給仕がゴーゴリ＝モーゴリ[*15]の味を思い出させる砂糖漬け果実の入った飲み物を運んできた。二人はしばし黙ってあたりを眺めていた。

「恐縮ですが」とクレムニョフはしばらく沈黙が続いたあとで切りだした。「外国人であるわたしにはあなた方の都市の仕組みが理解できません。それに人口分散の歴史が想像もできないのですが……」

「そもそもモスクワを改造することになった原因は、政治的なものでした」と連れは答えた。

「一九三四年、権力が農民党の手にがっちりと握られた時でしたが、ミトロファーノフ政権は多年の実践から都市人口の巨大な集中が民主主義体制にとっていかに危険なものであるかを確信して、革命的方策をとる決意をしました。そしてソヴェト大会で、かの有名な人口二万人以上の都市の廃絶にかんする法令を通過させたのです。ワシントンでもよく知られていると思います。

もちろんモスクワの場合、この法令を実行するのは至難の業でした。なにしろ三〇年代には四百万人以上の人間がいたのですからね。しかし、指導者たちの執拗な頑張りと技師団の技術によって十年間でこの課題をやりとげることができたのです。

鉄道工場や貨物駅は、環状道路第五号線に移されました。二十二本の放射鉄道線の鉄道員たちは、家族ともども同じ第五号区域、つまりラメンスキー、クビンカ、クリン、その他の駅より先の沿線に移住させられました。工場は徐々に国じゅうの新しい鉄道中継点に移されました。

一九三七年頃には、モスクワの通りには人影がなくなりはじめ、ヴァルヴァーリンの陰謀のあと、作業は自然強化されました。技師団は新しいモスクワのプラン作りに着手し、モスクワの高層建築は何百も破壊されました。よくダイナマイトが使われましたよ。わたしの父は、一九三九年に指導者のなかのもっとも勇敢な人たちが廃墟と化した都市を見てまわりながら、ヴァンダル族をもって任じていたのをよく憶えていますが、それほどモスクワはものすごい破壊の光景を呈していたのです。しかし、破壊者たちのまえにはジョルトフスキー[*16]の図面がありましてね、根気強い仕事が続けられたのです。住民とヨーロッパを安心させるために、一九四〇年には一つの地域がすっかり完了しました。それは識者たちを驚かせもし、安心もさせました。そして一九四九年にはすべてが現在のようになったのです」

ミーニンはポケットから大きくない市の地図を取りだして、ひろげた。

「現在は、しかし、農民体制が十分に強固になりましたので、われわれにとって神聖であったこの法令も、すでに以前のようなピューリタン的厳格さでは守られてはいません。

モスクワの人口がひどく増えたので、法文の字句を遵守するために、市当局は古代のベールイ・ゴロド、つまり革命前のブリヴァール（遊歩道）通りの内側の区域だけがモスクワだとしているほどです」

注意深く地図を見ていたクレムニョフは目をあげた。

「失礼ですが」と彼はいった。「それは一種の詭弁です。聞いてあきれますね。ベールイ・ゴロドの周辺も都市じゃないですか。それに一般にわたしには理解しかねます。あなたの国では農業化がどうして難なくおこなえたのか、このピグミー的な都市が国民経済のなかで、微々たるものであれ、何の役に立っているのか」

「あなたのご質問にひと言で答えるのは至難の業です。よろしいですか、かつて都市は独立した存在意義をもち、村はその台座にすぎませんでした。いまはいうまでもなく、都市というものはまったく存在しなくなり、あるのは社会的な結びつきの結節点となる場所だけです。わが国の都市はどれもこれも郡部の人びとの集合の場所、中央広場にすぎません。それは生活の場ではなく、祭りや集会や若干の行事の場なのです。点であって、社会的存在ではないのです」

ミーニンは、コップをもちあげると、一気に飲みほしてからつづけた。

「モスクワを例にとりますとね、十万の人口に対して四百万人分のホテルがあります。郡部の都市では人口一万人につき十万人分のホテルがありますが、ほとんど満員です。交通の便がよく、一時間か一時間半あれば農民は誰でも自分の都市へ行けるようになっていましてね、よくでかけています。

さあ、もう出発の時間です。だいぶ遠まわりをして、アルハンゲリスコエに妹のカチェリーナを迎えにいかなければならないものですから」

車はふたたび走りだし、プレチスチェンカ通りの方へ曲がった。クレムニョフは、驚いてまわりを見まわした。トゥーラのサモワールのように金色に輝いていた救世主キリスト聖堂[*17]のかわりに目に映ったのは、巨大な廃墟であった。そこは、蔦《つた》におおわれていたが、入念な保存措置がなされているのが一目でわかった。

第六章　アルハンゲリスコエでは、お茶うけにバニラ入りヴァトルーシカを八十年間忘れず作っていたことを確認するための章

古いプーシキン像[*1]が、トヴェルスコイ・ブリヴァール通りの生いしげった菩提樹の木立のなかに立っていた。

この場所は、その昔ナポレオンが、モスクワの放火者というぬれ衣を着せられた者たちを処刑したところであったが、このプーシキン像もロシア史上の数々の大事件のものいわぬ目撃者となったのだった。

一九〇五年のバリケード。一九一七年の夜の集会とボリシェヴィキの大砲。一九三二年の農民親衛隊の塹壕。これらをみなこの像は記憶にとどめていた。これからどうなるかを

期待しつつ、像はいつも静かにじっと心を凝らして立ちつづけてきたのだ。

たった一度だけ、このプーシキン像が政治的情熱の荒れ狂う波に介入しようとしたことがあった。自分の足元に集まった人びとに、自分が書いた漁師と魚の話[*2]を思い出してもらおうとしたのだ。しかし、彼の言うことに耳を傾けてくれる者はいなかった……。

車は、西のボリシーエ・アレイへ曲がった。ここは昔は静かな埃っぽいトヴェールスカヤ＝ヤムスカヤ第一通りや第二通りの線が伸びていたところだ。いまは西の公園のみごとな菩提樹がかつての単調な建物にとってかわり、木立のなかに聖堂の円屋根やシャニャフスキー大学[*3]の白い壁が、波うつ緑の海に浮ぶ島のように見えた。

何千台もの自動車が広い西の道路のアスファルトのうえを滑るように走っている。新聞売りや花売りがにぎわう並木道の、色とりどりの群衆の間をせわしげに行き来し、コーヒー店のテントが光っていた。静止した雲のなかでは、大小さまざまの飛行艇の点が何百も黒く見え、重そうな旅客機が真上に上昇して、西の飛行場から飛び立っていった。

車は子どもたちの騒ぎ声のあふれるペトロフスキー公園の並木道のそばを通りすぎ、セレブリャンスキーの森の温室をすぎると、急に左に方向を変え、弓から放たれた矢のようにズヴェニゴロッキー街道を突っ走った。

この都市はまるで終りがないかのようだ。同じような美しい並木道が右にも左にもひろがり、二階建ての家や、ときにはひとまとまりになったビルの群れが白く見えた。ただ花のかわりに桑の木やりんごの木の列の間には、菜園や豊かな牧場や刈り取りのすんだ穀物畑があった。

クレムニョフは連れに話しかけた。「ですがね、これじゃこの国の都市的居住地廃絶法は空文にすぎないですね。モスクワの郊外はフセフスヴャツコエの先までのびているのですから」

「失礼ですが、ミスター・チャーリー、ここはもう都市ではないのです。これは典型的な北部ロシアの農村です」

驚いているクレムニョフに彼が話してくれたところによれば、モスクワ県の農民の人口密度はとてもたかいので、村は農村的居住地としては前代未聞の様相を呈している。つまり、今日モスクワ周辺数百ヴェルスタのところにあるすべての地域は、切れめのない農業居住地となっており、その居住地は四辺形の共同林、協同組合牧場の長細い土地、巨大な天候調節用公園によって仕切られているのである。

「家族分与地が三—四デシャチーナ残っているフートル的分散居住地区では、数十ヴェルスタの間に、大部分の農家が並んで建っていて、いま広がっていた桑の木や果樹の土手の畑によって一軒一軒が互いに見えないようになっています。そうですね、本質的にはもう都市と農村という旧式のわけ方はやめるべき時です。というのも両方とも同じ農耕住民の居住地で、人口がより密集しているタイプか稀薄なタイプかの違いだけなのですから」

「建物が集まっているのが見えますね」とミーニンは右手の奥まったところを指さした。

「少々規模が大きいでしょ。あれがいま普通に〝小都市《ゴロジーシチェ》〟と呼ばれているものです。地元の学校、図書館、演劇やダンスのためのホール、その他の公共施設です。小さな社会的結節点ですね。今日の都市は、規模が大きいだけで、これと同じ農村生活の結節点なのですよ。さあ、着きました」

森が脇に退くと、遠くにアルハンゲリスコエ[*4]の整然とした壁が見えてきた。

急カーブを切ると、車は砂利道をガタガタ音をたてながら、ラッパを吹く大天使たちで飾られた広い門をくぐりぬけた。そして輪投げをしている若い娘たちの群れをかきわけつつ、温室棟の近くで止まった。

白やピンクや青のワンピースが来訪者をとり囲み、十七歳ぐらいの娘が歓声をあげてアレクセイの連れの腕にとびこんできた。

「ミスター・チャーリー・マン、カチェリーナです、妹です」

一分後には二人の客はアルハンゲリスコエ公園の草地のうえで古代の哲学者たちの胸像と並んで、テーブルをかこんでいた。真ん中ではサモワールがシュンシュン音を立てている。亜麻製のテーブルクロスの上にはきつね色をしたヴァトルーシカ[*5]が山盛りにのっていた。

アレクセイはヴァトルーシカをぱくぱく食べた。うっとりするような、さくさくしたバニラ入りのヴァトルーシカだった。それに香りの高い紅茶を飲んだ。アレクセイは、花をいっぱい贈られ、アメリカ人の気質や風俗習慣とか、アメリカでは人びとは詩が書けるかなどについて質問攻めにされたが、窮地に立つのを恐れて、自分の方で攻勢にまわり、彼女たちが一つ質問すると、逆に二つずつ娘たちに質問を浴びせた。

つぎつぎにヴァトルーシカをほおばりながら聞いていると、アルハンゲリスコエは、

「聖フロルとラヴル友愛団」のものになっているという。この友愛団は一種の世俗的修道院で、その団員は、芸術と科学に秀れた才能豊かな青年男女から募られていた。

古い宮殿の部屋と公園の菩提樹の並木道は、かつてはプーシキンが訪れたり、ヴォルテール主義の信奉者で、フランス革命とフランス料理にかんする莫大な蔵書の持ち主だったボリス・ニコラエヴィチ・ユスーポフ[*6]の華やかで優雅な生活で彩られたりしていたが、いまは生活の苦楽をともにする創造のプロメテウスの火の担い手たる若者たちがその空間をにぎわせていた。

友愛団は、ロシアとアジアのあちこちにあり、図書館、実験室、美術館を備えた広大なすばらしい館を二十ももっていた。国のもっとも力ある創造力の一つとなっているというのも納得できるところだ。修道院にも似た厳しい規律はアレクセイには驚きだったが、同時にあたり一面に——樹々にも石像にも主人たちの顔にも陽の光にゆらめく秋の蜘蛛の糸にまでも満ちあふれているきらきらした輝き、鳴り響くような歓喜にも驚かされた。

だが、パラスケーヴァの妹の青い瞳や歌うような声に比べれば、こうしたものはどれも問題にならなかった。アレクセイはユートピア国のこの姉妹に完全に魅了された。

第七章　家庭は家庭であり、永久に存続することを、そのことを望むすべての人に確信させる章

「急いで、急いで、さあ」

ニキーフォル・アレクセーエヴィチはそう言って連れをせきたてると、カチェリーナの旅行かばんと袋を車にのせた。

「今夜九時に全域降雨がはじまることになっています。一時間後にメテオロフォール〔気象調節装置〕がつむじ風を起こしますよ」

この話を聞いてクレムニョフがさぞ驚き、質問をするだろうと思われたが、そうしなかった。実は、スカーフに身を包んだパラスケーヴァの妹にすっかり気を取られていたので

ある。

しかし、車が新エルサリムスキー街道を音もなく滑るように走り、その道の両側で数千人の農民が野良仕事をし、雨の降るまえにまだ刈り取りの終っていなかった燕麦の最後の束を運んでしまおうと急いでいるのがちらちらと見えてくると、我慢しきれずに連れに聞いた。

「いったい何のためにこんな大量の人力を野良で使っているのですか？　あなたの国の技術は、いとも簡単に天候も制御できるというのに、農業労働を機械化し、より熟練度の高い仕事に労働力を解放することはできないのですか？」

「それはアメリカ人の発想ですよ！」とミーニンは叫んだ。「そうじゃないんです。ミスター・チャーリー。収穫逓減の法則には逆らえるものではありませんからね。わが国の収量は一デシャチーナ当り五〇〇プード以上ですが、この収穫のほとんどは、一穂一穂手塩にかけて世話するやり方で得られているものです。農作業がいまのように手作業になったことはいまだかつてないことです。これは気まぐれなんかではありません。わが国の人口密度では、必然的なことなのです。本当です！」

彼は口をつぐむと、スピードをあげた。風が吹いてきて、カチェリーナのスカーフが車のうえに舞いあがった。スカーフの間から見える彼女の睫毛や唇を見ていると、アレクセイは彼女のことを何もかも知りつくした知り合いのように感じた。そして彼女がやさしくほほえんでくれようものなら、彼の心はよろこびでいっぱいになり、ほのぼのとした気持になるのだった。

車がラマ川の河岸にある家に到着したときには、あたりは暗くなり、空には黒雲がたれこめていた。

ミーニン家は大家族だったが、住んでいる家はかなり小さく、十六世紀風の簡素な形式の造りになっていた。まわりは柵で囲まれていたが、その柵が古代の城塞のような面影を屋敷に与えていた。門のところに三人が着くと、犬がほえ、にぎやかな人の声がした。誰だかわからないが、堂々たる体格の青年が両手をひろげてカチェリーナを抱きかかえ、二人の少女と少年がモスクワからのおみやげの包みにとびついた。中学生ぐらいの娘は誰かの手紙を渡してくれといった。家長のアレクセイ・アレクサンドロヴィチ・ミーニンとおぼしき白髪の老人は、自分と同名の客人の世話をやき、彼を部屋に案内していった。老人は客の生粋のロシア語と、ずっと昔の、子どもの頃の流行をまざまざと思い出させるアメリカ風の服装に驚いていた。

十分ばかりして、顔を洗い、髪をとかしおえたクレムニョフは、自分がそこにいること自体に戸惑いを感じながら、食堂に入っていった。花が飾られた大テーブルでは熱心な議論が戦わされていた。一歩なかに入るや、「完全に公平な」人間だということで、彼はいきなり判事にされてしまった。彼の権威ある決定を求めて提出されたのは、二つの絵皿であった。一方にはザリガニと黒ぶどうが描かれており、もう一方はレモンと赤ぶどう、それにワインが入ったカット・グラス製の杯のコンポジションであった。二人の競争者、メグとナターシャは十五歳の声を精いっぱい張りあげて、どちらの静物画が〝よりオランダ的〟であるか決めるよう求めた。

なんとか窮地を脱して、アレクセイは一方のコンポジションをヤコフ・プーテルの忘れられたオリジナルであり、もう一つの絵はウィルレム・コルフの贋作だ、と判定できた。アレクセイはご褒美に拍手喝采と大きなクリーム入りタルト一切れをもらった。このタルトは、皆が教えてくれたところによれば、そこにはいなかったが、料理の教授であるパラスケーヴァが考案したものだということだった。

幼いアントーシカは、このアメリカ人に、ハドソン湾ではマッコウ鯨が釣竿にかかるというのは本当の話かどうか聞こうとしたが、すぐに寝室に行くようにいわれてしまった。初老の婦人が三杯目のお茶をついでくれながら、アレクセイに子どもはいるかとたずねた。どうして彼の妻は彼が飛行機で大西洋を渡る[*1]のを許したのか、不思議に思っているようであった。自分には妻なんかいないのだとアレクセイが強く言うと、ひどく歎かわしく思った彼女は、もっと質問を続けたい様子だった。ところが、そのとき誰かがプラトークでアレクセイを目隠しした。彼は自分のうしろにいるのはカチェリーナであることがわかった、というよりは直感した。

「鬼ごっこしよう、鬼ごっこしよう」と子どもたちは叫びながら、彼をホールに連れだした。アレクセイはさんざん走りまわったあげく、ようやくカチェリーナをつかまえた。アレクセイ・アレクサンドロヴィチが現われて遊びをやめさせた。彼はクレムニョフを捕われの身から解放すると、暖炉の近くにすわらせて、口をひらいた。

「今日は到着されたばかりですから、つまらないお喋りでわずらわせたくありません。

しかし、やはりうかがいたいのですが、閉鎖体制のアメリカから来られて、われわれの国にどんな第一印象をもたれましたか？」

クレムニョフは自分の驚きや感動をつぎからつぎへと並べたてた。しかし、クラブサンが鳴り響いたので、彼らの会話は中断された。カチェリーナが自分の兄に伴奏をさせ、デルジャーヴィン[*2]の歌詞にアレクサンドロフ[*3]が曲をつけた歌をうたいはじめた。

シェクスニンスクの黄金のちょうざめも
クリームとボルシチももう並んでいる
壜のなかには葡萄酒、ポンチが光って
氷と火花で手招きしてる

それから「孔雀」、二重唱「若い二人の新婚家庭」が続いた。クレムニョフには、カチェリーナは彼のために歌ってくれていて、ほかの誰にも心を向けてほしくないと願っているのだと感じられた。

窓の外では、九時から夜中の二時までと予報されていた「全域降雨」が土砂降りになっていた。家庭的静けさのかもしだす安らぎに加えて、よく燃えた暖炉の暖かさによって部屋はますます心地よくなっていた。ヴァシリーサ伯母さんはナターシャの未来をトランプで占っていた。娘の方はこのアメリカ人にヤロポーレッツとベーラヤ・コルピを見せるにはどうしたら一番いいか思案をめぐらせていた。ところが、アレクセイ・アレクサンドロヴィチは、ミスター・チャーリーと明日の午前中お話ししたいというと、もう寝る時間だ、と絶対的な口調で全員にいい渡した。

クレムニョフは、眠り薬のかわりに読もうと、メグから世界史の教科書を貸してもらい、カチェリーナに付き添われて土砂降りの雨のなかをあてがわれた離れの部屋に向かった。

第八章　歴史についての章

カチェリーナは、クレムニョフのベッドをつくると、机のうえにひとつかみの糖蜜菓子と棗やしを置いた。そしてまじまじと彼を見つめながら、だしぬけにきいた。

「あのう、アメリカではみんなあなたのような方ばかりですか？」

クレムニョフはどぎまぎしてしまって、言葉が出なかったが、娘の方はそれ以上にどぎまぎし、ドアをバタンとしめると、走り去ってしまった。くもった窓ガラスを通して彼女が手にもつ灯火の光がちらちら遠ざかるのが見えた。

クレムニョフはひとりになった。

世にも不思議な今日一日の印象が生々しく、なかなか自分を取りもどすことはできなかった。不思議な体験のなかでもっとも彼の心をとらえていたのは、パラスケーヴァの妹の魅力的な姿であった。

われに返ると、クレムニョフは服を脱ぎ、歴史の教科書をひらいた。はじめのうちはなに一つ理解できなかった。ヤロポリスカヤ郷、ついでヴォロコラムスク郡、そしてモスクワ県の歴史が長々と述べられ、終りになってやっと何ページかがロシア史と世界史の叙述にあてられていた。

ページをくるごとにクレムニョフの興奮は高まっていき、カチェリーナのくれた糖蜜菓子をつまみながら、歴史的事件をむさぼり読んだ。

自分の時代のいろいろな事件についての叙述を読んで、クレムニョフは、社会主義体制の世界的統一は長続きしなかったことを知った。存在していた合意は、遠心的な社会勢力のためにまたたく間に分裂させられてしまったのだ。いかなる社会主義の教義をもってしても、ゲルマン人の魂からは軍事的報復の思想を取り去ることができず、ザール地方の石炭をどう分割するかという取るに足りない問題で、ドイツの労働組合は傘下の金属工と炭坑労働者を動員して自分たちの大統領ラデック[*1]に圧力を加え、世界国民経済会議大会による問題解決に先んじてザール地方を武力占領させたのであった。

ヨーロッパは、ふたたびいくつかの構成部分に分裂した。世界の統一という建物は瓦解し、新しい流血の戦争がはじまった。そのときフランスでは、老エルヴェ[*2]が社会変革に成功し、有力ソヴェト幹部たちの寡頭政治を確立した。六ヵ月流血が続いたあと、アメリカとスカンジナビア統一国の共同の努力によって、平和が回復された。しかし、その代償として世界は、五つの閉鎖的な国民経済体制へ分裂してしまった。五つとは、ドイツ、英仏、米豪、日中、そしてロシアである。それぞれの閉鎖体制は、国民経済を完全に構築するに十分な領土をあらゆる気候帯に有し、その後は文化的交流は保ちながらも、構造的にはまったく異なった政治をおこない、経済を営むようになった。

英仏ではソヴェト活動家による寡頭政治はすぐに資本主義体制に後退した。アメリカは議会制にもどり、部分的に生産の国有化を解除したが、それでもなお基本的には農業の国営は保持していた。日本と中国は政治的には急速に君主制にもどったが、国民経済においては独自の社会主義形態をとりつづけた。ひとりドイツのみが二〇年代の体制を完全にそのまま維持していた。

ロシアの歴史はこうだった。ソヴェト体制は厳然と存続していたが、農業を国有化することは最後までできなかった。

巨大な社会集団となった農民は、共産主義化にはなじまなかったのだ。内戦が終ってから五―六年すると、農民のいくつかの諸派は地方ソヴェトにおいても全ロシア中央執行委員会においても、相当強い影響力をもつようになった。しかし、彼らの力は、それまでも再三にわたって純階級的農民団体の影響力を弱めてきたエスエル系五党の協調的政策のために、またも著しく弱められてしまったのだった。

十年間、ソヴェト大会ではいずれの派も安定的多数をとれず、権力は事実上共産党の二つのフラクションに握られていた。この二派はいつもいざという時には手を結んで、労働者大衆を動員して一大街頭デモを組織することができた。

ところが、「優生学」的方法の強制的実施にかんする法令をめぐってこの両派の間に対立が生じ、右派共産主義者たちが勝利したが、その結果連立政権をつくることになり、農民と都市住民の票の力を平等化する憲法改正をおこなわざるをえなかった。改選の結果、新しいソヴェト大会では、純階級的な農民諸派が絶対的優位に立つにいたった。一九三二年以後、全ロシア中央執行委員会でもソヴェト大会でも農民が恒常的に多数を占め、体制はゆっくりと変化して、ますます農民的なものとなっていった。

しかし、エスエル系インテリゲンツィヤ・グループの二重政治や、街頭デモと蜂起によってソヴェト憲法の基礎が再三ゆるがされたので、農民指導者たちは連立方式を続けて人民委員会議[*3]を組織せざるをえなかった。若干の都市的分子が企てた再三の反動的クーデター の試みも連立を促した。一九三四年、フランスに似たインテリゲンツィヤの寡頭政治を確立することを目的とし、戦術的思惑から金属工と繊維労働者の支持をとりつけておこなわれた蜂起が失敗に終ると、ミトロファーノフははじめて純階級的な農民単独の人民委員会議を組織し、都市廃絶法をソヴェト大会で通過させたのであった。

一九三七年に起こったヴァルヴァーリンの反乱は都市の政治的役割の最後の火花であった。それ以後、都市派は農民の大海のなかに没してしまった。

四〇年代に入ると、土地整備の総合計画が立案実施され、ア・ア・ミーニンの考案により、天候を調節する磁力ステーション網メテオロフォールが設置された。六〇年代の特徴は、嵐のような宗教騒動とロストフ地区で世俗の権力を奪取しようとした教会の試みであった。

　ここまで読むと、目はくっつきそうになり、頭は疲れはてて、理解力がなくなってきた。クレムニョフは灯を消して、目を閉じた。それでも長いことカチェリーナの瞳がまぶたに浮び、やっと眠りについたのは夜も更けてからであった。

第九章　若い女性読者はとばしてもかまわないが、共産党員にはどうしても読んでもらいたい章

革表紙のくすんだ金箔がきらきらと光る本棚とヴラジーミル・スーズダリの数点のイコン。アレクセイ・アレクサンドロヴィチ・ミーニンの広い書斎で装飾品といえるのはただそれだけだった。

有名なヴォローネジの教授で、後年コンスタンチノープルの教授となった彼の父[*1]の肖像画が、濃い藍色一色の室内装飾を補っていた。

「わたしの義務はですな」と客好きの主人は話しはじめた。「われわれを取り巻いている生活の本質をあなたに知っていただくことでしてね。と申しますのも、これを知っていた

だかないことには、わが国の技術的設備の意義もその可能性もおわかりにならないでしょうから。ところが、実をいいますと、ミスター・チャーリー、何から話しはじめたらいいのかわたしには見当がつかないのです。あなたはあちらの世界からおいでになったばかりの方ですし、わが国の生活の特にどんな分野で、目新しく、思いがけないものに出会われたか、わたしには判断がつきかねるものですから」

「わたしが知りたいのは、一九三〇年の農民革命のあと、ロシアの生活がどういう新しい社会的原理にもとづいて成り立っているかということです。それがわかりませんと、他のことはなにも理解できないような気がします」

相手は、どう話をしたらよいものかと思案しているふうだったが、しばらくしてから答えた。

「あなたがおたずねになっているのは、農民政権がわが国の社会や経済生活にもちこんだ新しい原理のことですかな。本質的には、われわれにはどんな新しい原理も必要ではなかったのです。われわれの課題は、古い、何世紀にもわたって存在してきた原理、つまり、大昔から何世紀も何世紀も農民経営の基礎となってきた原理を確認することだったのです。

われわれがめざしたのは、ただこれらの偉大なる永遠の原理を確認すること、その文化的価値を深めること、精神的にそれらを改造することであり、それからその実現にあたって昔からそれらの原理が備えもっていたきわめて受動的な抵抗力を発揮するだけでなく、その原理に能動的な力、弾力性、いうなれば攻撃力をも持たせる社会的—技術的組織をつくりだすことでした。

わが国の経済制度の基礎にあるのは、古ルーシ〔ロシア〕と同じく、個人的農民経営です。われわれは、それが経済活動のもっとも完全な型だとみなしてきましたし、いまもみなしています。そのなかにあって人間は自然と向かいあい、労働は宇宙のあらゆる力と創造的に触れあって、新しい存在形態をつくりだしているわけです。労働する者一人一人が創造する者であり、それぞれの個性の発揮が労働の芸術であるわけです。

村でくらし、村で働くことが一番健康によいこと、農民の生活が一番バラエティに富んでいることなど、その他のわかりきった事柄は申し上げるまでもないでしょう。これこそ人間の自然な状態です。資本主義の悪魔によって人間はそこから引き離されていたのです。

しかしですよ、農民的な経営やくらしかたを基礎として二十世紀の一国家の体制を確立するためには、解決しなくてはならない基本的な組織問題が二つありました。

第一は、経済的問題です。農民経営に立脚し、農民経営に指導的役割を担わせると同時に、その働きにおいて考えられる他のいかなる機構にも技術的に劣らず、なおかつ経済外的な国家的強制の支えがなくとも自動的に維持される経済機構を形づくっている、そんな国民経済体制をつくりだすことが必要でした。

第二は、社会的問題、あるいはもしよければ文化的問題といってもいいものです。つまり村に分散して住むという条件の下で、長い間都市文化の独占物であった文化生活の最高の形態を保持し、少なくとも他のあらゆる体制に劣らない程度に、精神生活のどの分野においても文化的進歩が可能になるような形態で、広範な人民大衆の社会的生活を組織するという問題です。

その際に、ミスター・チャーリー、わたしたちは当面していたこの二つの問題を解決するだけでなく、そうした解決のためにどのようなやり方をとったらよいのかも深く思いをめぐらさねばなりませんでした。わたしたちにとって、なにを達成しようとするのかということだけでなく、どのようにしたら達成できるのかということも大切でしたから。

国家集産主義の時期は、労働者階級のイデオローグたちが啓蒙的絶対主義の方法で自分たちの理想をこの地上に実現しようとした時代ですが、その結果、ロシア社会は無政府的反動の状態にたちいたりました。そうなると、銃剣の力で承認された命令や法令によって何らかの新しい体制をうちたてることは不可能となりました。

一方、社会的創造の分野における独占という考えは、われわれのイデオローグの精神とはもとより無縁なものでした。

われわれの指導者たちは、一元論的《モニズム》な理解、思考、行動の支持者ではなく、大多数が多元論的《プルラリズム》世界観を受けいれる意識をもっていました。ですから、彼らは、生がうちに含んでいるあらゆる可能性、あらゆる芽を全面的に開花させられるようになったときはじめて生はその名に価するものとなると、考えたのですよ。

われわれにとっては、手短かにいいますと、提起されている問題の解決をわれわれと競いあう可能性を、他のいかなるイニシャチヴ、いかなる創造的努力に対しても与えるようなやり方をとることが必要だったのです。われわれは自分たちの事業や組織がもつ内的な力によって、つまり自分たちの組織思想の技術的優位性によって世界を獲得しようとしたのでして、別な考えをもっている人をみな張り倒すことによって世界を獲得しようとしたのでは断じてないのです。

その他にも、われわれはつねに、国家とその機構は社会生活の唯一の表現者などでは全然ないと認めていました。ですから、改革にあたって、主としてたよったのは、提起された問題を社会的に解決するという方法であって、国家的強制という方法はとりませんでした。

もっとも、われわれはやみくもに原理に固執したことは一度もなかったですね。われわれの事業を誰か第三者が暴力で脅かしてきたときには、目的にかなうということで、われわれの手中には国家権力があることを想起しました。われわれの機関銃はボリシェヴィキのそれに劣らず活躍しましたよ。

わたしが申し上げた二つの問題のうちで、経済的問題はとくに困難というわけではありませんでした。

あなたはたぶんご存知と思いますが、わが国の歴史の社会主義期には農民経営は何か低級なもの、つまり〝集団的大経営という高次の形態〟が結晶させられるべき原材料だとみなされていました。ここから穀物工場や肉工場という古い考え方が出てきていたのでした。いまでは明らかになりましたが、この見方は論理的というよりはむしろ発生論的起源をもっているのです。社会主義は資本主義のアンチテーゼとして生まれました。それはドイツ資本主義の工場の拷問室で誕生し、不自由な労働でへとへとになり、数世代にわたって個人的な創造的営みや思想といったものを一切忘れていた都市プロレタリアートの心理によって育まれました。プロレタリアートの考えた理想的体制というのは、自分をとりまく体制の裏返しにすぎなかったのですよ。

被雇用者であった労働者は、自己のイデオロギーをうちたてる際、雇用制を未来の体制の教理とし、あらゆる者が執行者で、ごく少数の者だけが創造の権利を有するという経済制度をつくりだしたのです。

いや、恐縮です、ミスター・チャーリー。どうも脱線してしまったようですな。そういうわけで、社会主義者たちは農民を原材料としか考えなかったのです。というのも、彼らがもっていた経済的体験は製造工業の領域で得られたものだけだったし、自分の有機的経験で得た概念や形式のなかだけでしかものを考えることができなかったからです。

われわれにとっては自明の理だったのですが、社会的観点からすれば、産業資本主義なんぞはたかだかその本質的な特性のために製造工業がかかった、病的で歪んだ発作にすぎず、全国民経済発展上の一段階なんかではまったくなかったのです。

その深く健全な本質のおかげで、農業は資本主義の苦い運命に見舞われることはなかったし、われわれには自分たちの発達を資本主義のレールに乗せる必要はありませんでした。それにドイツの社会主義者たちの集産主義的理想にあっては、勤労大衆は経済活動において国家的計画の実行者たることを割り当てられていたのですが、その集産主義的理想自体、勤労農業体制にくらべると、社会的にはまったく不完全なものだと、われわれには思われました。勤労農業体制にあっては、労働と組織形態の創造は切り離されておらず、自由な個人的イニシャチヴは、一人一人の個人に自分の精神的発達のあらゆる可能性を発揮することを可能にしているし、同時に必要なときには、集団的大経営の力および社会的・国家的諸組織の力をくまなく利用することを個人に認めていますからね。

すでに二十世紀初頭に、農民は大経営形態が小経営形態に優先するすべての生産部門を集団化し、大協同組合的企業の段階に高めました。ですから、いまの形でもっとも安定し、技術的にも完全な有機体が成立しております。

わが国の国民経済の柱といえばこんなところでしょう。製造工業を組織することははるかに大へんなことでした。もとより、この分野で家内工業の復活を期待することはばかげています。

手工業と家内工業は、今日の工場技術のもとでは圧倒的多数の生産分野で排除されています。ところがですね、ここでも農民の自主的活動に救われました。つまり、きわめて大規模な保証された販路をもつ農民協同組合のおかげで、生産物の大部分について、競争のあらゆる可能性が未然に防げたのです。

実のところ、われわれはこの点でいささか協同組合を援護しましたがね。協同組合の生産物には適用されない相当な税を資本主義的工場に課すことによって、そのバックボーンをへし折ってやったのです。

それでも資本主義型の私的イニシャチヴは、わが国ではなおも存在しております。集団的に管理されている企業が無力である領域だとか、高い技術をもっていて、組織者の能力がわが国の苛酷な課税のうわ手をいっている場合に限ってですがね。われわれはそういうものの息の根を止めるようなことはしませんでした。というのは、協同組合員の同志たちに対して絶えざる競争からくる若干の脅威を残しておき、そのことによって協同組合の技術的停滞を防ぐことが必要だと考えたからです。今日の資本家たちも川かますのごとき性癖をもっていることをわれわれは知ってはいるのですが、しかし、〝湖に川かますがいるのは鮒が居眠りをしないためだ〟[*2]ということは昔から知られていますからね。

ちなみに、この生き残りの資本主義は協同組合工業と同じにまったくおとなしいもんです。むしろ協同組合工業の方が反逆的傾向は強いくらいですよ。なぜおとなしいかと申しますと、わが国の労働法は、労働者独裁時代の法制よりもずっとよく搾取から労働者を守っていますからね。労働者独裁時代の法制のもとでは、グラフキやツェントル[*3]の勤務員の大群に剰余価値の巨大な部分が吸いとられていたのです。

それからすべての経済企業を自立させていますが、森林、石油、石炭の独占は国家に残し、燃料を握っています。そうすることですべての製造工業をコントロールしているのです。

あとつけ加えるとすれば、商品流通のことです。この圧倒的部分は協同組合の手に握られています。国家の財政制度は、雇用労働を使っている企業に課している税金と間接税から成り立っています。これでわが国の国民経済の構図の大筋がおわかりいただけたことでしょう」

「失礼ですが、わたしの聞きちがいではないですね。あなたは、あなたの国の国家財政は間接税によっているとおっしゃったのですね」

クレムニョフは聞き直した。

「まったくその通りです」とアレクセイ・アレクサンドロヴィチはほほえんだ。

「あまりの〝時代遅れ〟の方法にびっくりされ、アメリカの所得システムにくらべるといらだちを覚えられることでしょうな。ところがです、わが国の間接税というのはあなたの国の所得税と同じ所得累進制なのです。われわれは、わが国の社会各層の消費の構造とメカニズムを十分につかんでいまして、税収の基礎は第一次必需品への課税にではなく、主に富裕の要素となっているものにおいているのですよ。それに加えて、わが国では平均収入にはそんなに大差はないのです。間接税は、支払いに一分もかからないものですから、都合がいいですしね。わが国の国家体制はおおむねこんな具合になっています。もしあなたが、たとえばここヴォロコラムスク郡で何年お暮しになっても、強制的権力としての国家が存在しているということを一度も思い出されることはないでしょう。

このことは、われわれが弱い国家組織しかもっていないということではないのです。まったく逆です。ただわれわれは、自分たちの同胞の襟首をつかむようなやり方とは無縁な国家活動の方法を堅持しているだけです。

以前はまったく素朴に、国家経済を管理することは、ただ指図をしたり、従わせたり、国有化したり、禁止したり、命令したり、指令を与えたりすること、一言でいえば、国民経済計画を意志をもたない執行者たちを通して実施することだと考えていました。

こういう伝統信仰的道具立ては、管理する方にも管理される方にも負担となるもので、この道具立てがわれわれに役立つのなら、今日の道徳を保持するのにゼウスの雷電[*4]も役立つというものだ、とわれわれはいつも考えていたのでしたが、いまは四十年間の経験からこのことを証明できます。こうした類いのやり方をわれわれはとっくの昔に捨てました。

かつて弩砲や破城槌やのろしやクレムリンの壁をお払い箱にしたのと同じです。

いまわれわれがもっているのは、はるかにきめ細かい、現実的で間接的な働きかけの手段でして、国民経済のどの部門でも、われわれの目論見にふさわしいあり方にいつでも動かすことができます。

のちほど一連の具体例をひいて、わが国の経済権力の力を説明することにしましょう。ところで、この国民経済の概観をしめくくるにあたり、二つの組織問題に注意を向けて下さるようにお願いします。これはわが国の体制を理解するために特に重要です。

一つは、国民経済に刺激を与える問題です。国家的集産主義の時代に、生産力が低下したことを思いおこし、この現象を貫く原理をよく考えて下されば、そうなった主な原因は国家経済計画そのもののなかにあるのでは決してないことがわかっていただけるでしょう。ユ・ラーリン[*5]とヴェ・ミリューチン[*6]の組織的な知恵は正当に評価されるべきです。彼らの案は非常によく考えられており、細かいところまで仕上げられていました。だが、案を作るだけでは仕方がありません。実現しなければなんにもなりません。というのは、経済政策はなによりもまず実現の芸術であって、計画づくりの芸術ではないですからね。

ただ機械を設計すればいいのではなく、それを作るのに適した材料やその機械を動かせる力も見つけねばならないのです。エッフェル塔は藁ではつくれないですし、二人の労働者の手では輪転機をまわすことはできないですからね。

社会主義以前の世界をふりかえってみますと、その複雑な機械を動かしていたのは人間の欲望であり、飢えの力でした。上は銀行家から一介の労働者にいたるまで、構成員は誰もが自分の経済生活に励むことに個人的関心をもち、この関心が労働を刺激していたのです。経済という機械は、その各々の参加者のなかにそれを動かすモーターをもっていたのです。

共産主義体制は、経済生活のすべての参加者を固定日給を受けとる身としたのですが、そのために労働の刺激が影も形もなくなってしまいました。もちろん、労働の事実は存在していました。しかし、労働の緊張というものがなくなってしまったのです。というのも、そのための土台がなかったからです。刺激の欠如ということは生産執行者たちの間だけでなく、生産の組織者たちのなかにもみられました。なぜかといいますと、あらゆる官吏と同じで、彼らが興味をもっていたのは経済行動それ自体の完全さ、もっと正確にいえば、経済機構の働きの正確さとすばらしさということで、彼らはその仕事の結果にはまったく関心がなかったのです。彼らにとっては、仕事からうける印象の方が物質的結果よりも大切だったわけです。

自分の手に経済生活の組織を握ると、われわれは直ちに私的な経済行動に刺激を与える全部のモーターを始動させたのでした。つまり、出来高払い給、組織者へのボーナス、価格プレミアの上のせなどを断行したわけです。こういうことは、振興がどうしても必要な農家の生産物、例えば、北部での桑の木の製品に対してとりました。

私的な経済的刺激を復活させると、当然のことですが、国民所得の不均等分配ということにぶつからねばなりませんでした。

この問題は大部分、工業と商業の部門で国民経済生活の四分の三を協同組合機構が握ったという事実によって結着がつきました。しかし、それでもやはり国民所得の民主化という問題はたえずわれわれのまえに立ち現われました。

われわれがまずはじめに目を向けたのは、非勤労所得の取り分を少なくすることでした――ここでのもっとも重要な方策は、農業においては地代収入への課税、それに株式会社と私営信用機関の廃止でした。

わたしは古い経済用語を使っておりますが、ミスター・チャーリー、それはここで話していることをあなたに理解していただくためにそうしているまでです。といいますのは、あなたのお国ではこうした用語はまだ使われていると思いますが、われわれのところではいまの若い者が一般にこれらの用語を知っているかどうか、正確なところわたしにはわからないんです……。

われわれの経済的問題の解決法というとざっとこんなもんでしょう。われわれにとってははるかに複雑で困難だったのは、都市の廃絶と、高い地代収入がなくなったなかで、文化をどう維持し、発展させるかという社会的問題でした。

しかし、もう昼食の鐘が鳴っていますから」

アレクセイの話し相手は、カチェリーナが広い屋敷のまんなかにかかっている鉄の鐘をいかにもうれしそうにカンカン鳴らしているのを窓越しに見て、話をやめた。

第十章　ベーラヤ・コルピの定期市を描写し、恋愛の出てこない小説はからしをつけない脂身みたいなものだとする点で筆者がアナトール・フランスと見解を完全に同じくすることを明らかにする章

保存されている「総主教府支出簿」から知られるところでは、十八世紀初頭に最高位の聖人であったアドリアン総主教の食卓には、毎日「オートミルのカーシャ〔粥〕、生きたまま塩漬けにした川かます、スープ仕立ての白ちょうざめの燻製、星形ちょうざめのヴァランチュク、ちょうざめの肝のシチー、わさびをつけたズヴェノー、白ちょうざめのスハーブ、中身のつまった三角ピローグ」に、さらに量も驚くばかりで味もすばらしい料理が二十四皿以上も出されていたという。往時のこのご馳走と、客を歓待するミーニン家のユートピア的食事とをくらべてみると、総主教の方がいくらか料理の品数が多いというもの

の、それはほんのいくらでもないと言わざるをえない。というのも、モスクワからやってきたパラスケーヴァの指揮で、昼食の食卓にはいろいろな形のピローグ、ムニエルにした鮒にスメタナであえた鮒、それにその他の食べ物がいっぱいならんでいたのだ。食卓の脚がもう少し華奢にできていたら、曲がってしまったにちがいないと思われるほどだった。社会主義の世界から来たクレムニョフは、食事の参席者は全員が夕方ごろには食べすぎで死んでしまうにちがいないと思いこんだ。ところが、アメリカ人を歓待するために用意されたロシア料理は、じきに何一つ残さず平らげられてしまい、パラスケーヴァへの讃辞ばかりがますます高まった。パラスケーヴァは恐縮して、その讃辞は一八一八年にリョーフシン氏[*1]によって編まれた『ロシアの料理』という本にささげてほしいというのだった。

正教のしきたりに従って、昼食後干し草置き場で休息してから、若者たちはクレムニョフをベーラヤ・コルピの定期市に連れだした。

クレムニョフと連れたちがラマ川の岸を行くと、雲の影は刈りとられた草地のうえを流れ、道ぞいには花の咲いたなないかまどの木が黄色の斑点をつくり、秋の湿った空気のなかで蜘蛛の巣がゆれていた。

カチェリーナは、頭を高くあげて歩いた。彼女のすらりとした姿は、川向こうに広がる空色の遠景をバックにすると、ひときわすばらしく見えた。メグとナターシャは花をつんだ。秋のにがよもぎの匂いが漂っていた。

「ほら、広い道に出たわ!」

しだれ白樺がならぶ街道をまがると、遠くの方にベーラヤ・コルピの教会の円屋根が見えてきた。

荷馬車が何台も一行を追い越していったが、それらは飾り盆のように極彩色に飾った馬車で、娘や若者たちがぎゅうぎゅう詰めになって乗っていた。若者たちはくるみを割っている。道路いっぱいにチャストゥーシカ[*2]の調べが響きわたった。

小鳩が一羽屋根にとまっている
小鳩をみんなが殺す気だ
言ってくれ、ねえさん
三人のうちで誰が好きかを

すれ違ったり追い越していったりする者たちと彼の連れたちとの間に違和感がまるでないことは、クレムニョフには驚きだった。服装は同じだし、モスクワ風の話し方や表現の仕方も同じだ。パラスケーヴァは楽しげに、見るから満足そうに通り過ぎていく若者たちの冗談にふざけた返事をかえしていたが、カチェリーナときたらずっと荷馬車の一つに飛び乗ると、そこに乗っている娘たちにつぎつぎにキスをした。そしてあっけにとられている一人の若者からくるみの入った紙袋をとりあげると、彼の口にバナナを一本押しこんだ。

定期市はごった返していた。

売り台のうえには、焼いた果実入りのトゥーラ風糖蜜菓子の山やちょうざめや将軍の型をしたトヴェーリのはっか菓子、色とりどりのジュースから作ったコロムナのドロップなどが並べられていた。

すぎし百年の歳月は、村の菓子に何一つ変化をもたらすことはなかったが、よく見ると、砂糖づけパイナップル、バナナ、すばらしいチョコレートなどがかなりの量あることが昔とちがっていた。

少年たちは、古きよき時代のように土で作って金メッキを施した雄鶏の笛を吹いていたが、それはまるでツァーリ、イヴァン・ヴァシリエヴィチ[*3]の治世や大ノヴゴロドの時代のようだった。二列になった手風琴が速い調子でポルカを演奏しはじめた。

一言でいって、すべてがすばらしかった。

カチェリーナは、「ミスター・チャーリー」の教育を頼まれていたので、彼を大きな白いテントのなかへ連れていって、なんの説明もせずにこう言った。

「ほら」

テントのなかには新旧両派の絵画がところ狭しと掛けてあった。クレムニョフは、ヴェネツィアーノフ[*4]、コンチャロフスキー[*5]、ルイブニコフの描く「聖ゲラシム」、オストロウーホフ[*6]のコレクションにあるノヴゴロドのイコン「イリヤ」などの〝旧い知り合い〟の作品を発見してうれしくなった。さらに、昨日のパラスケーヴァとの会話を生き生きと思い起こさせてくれる何百もの未知の新人たちの絵画や彫刻をみた。

彼は、ジャムペトリーノの「少年キリスト」のまえで立ちどまったが、それはルミャンツェフ博物館[*7]で彼が魅せられたものであった。彼は、自分の身元が露見する危険をおかして言った。

「これらはどういう形でベーラヤ・コルピの定期市にきているのですか?」

パラスケーヴァは急いで、この見せ物小屋は一時的にいくつかのモスクワの絵画を巡回して見せるヴォロコラムスク博物館の移動展覧会である、と説明してくれた。

ぎっしり入った人びとは、丹念に鑑賞し、意見を交しあっている。造形芸術が農民の生活にほぼ完全にとけこんでいて、ちゃんと理解されていることがクレムニョフにはよくわかった。そう彼が確認したのは、入口で売っていたペ・ムラートフ[*8]の『百ページでわかる美術史』という本の第一三二版や『ローコトフからラドーノフまで』というパンフレット[*9]が売り切れたというそのエネルギーからであった。『ローコトフからラドーノフまで』の表紙を読んで、パラスケーヴァは絵画について語ることができるだけでなく、本も書いているのだということをクレムニョフは確認した。

隣のテントでは農婦たちが古代ロシアの刺しゅうの見本のところに集まっていた。二人の青年がブール[*10]の小棚の寸法を取っていた。

ほどなく、展覧会からは人がいなくなりはじめ、騒がしい声と鐘の音がして、リズム遊戯がはじまることが知らされた。それにつづいて、ヤロポリスカヤ郷の選手権をめざしてバープキ競技や障害物競走やその他の競技の試合がおこなわれるという。いやに大きな空色のポスターが、地元の協同組合連合の劇団の上演するシェークスピア氏の『ハムレット』が七時からはじまることを知らせていた。

しかし、急いで家に帰って、蜜蜂飼育場に蜂蜜を取りにいかなければならなかった。そのためにこのお祭りはお預けにして、一行は県農民同盟の文化教育部によって展示された蠟人形会場だけに立ち寄ることにした。

蠟製の胸像が——あらゆる歴史上の人物の肖像だったが——壁ぎわに並べられていた。そのパノラマはロシアと世界の歴史上の大事件や驚くべき熱帯の国々のことを観客に教えていた。

動く自動装置は、ルビコン川をまえにしたジュリアス・シーザー、クレムリンの壁上のナポレオン、ニコライ二世の退位と死、ソヴェト大会で演説するレーニン、蜂起したタイピストたちを蹴散らしているセドーフ、歌っているバス歌手シャリャーピンとガガーノフを描きだしていた。

「見て、これ、あなたの肖像だわ！」

カチェリーナが叫んだ。

クレムニョフはあまりの驚きに声も出なかった。彼のまえのガラスケースのなかの布のうえに写真かと思う胸像があった。その下には次のように書かれていた。

「アレクセイ・ヴァシリエヴィチ・クレムニョフ。世界国民経済会議審議官、ロシア農民運動の絞殺者。医師の所見によれば、九分通り確実に被害妄想狂にかかっており、顔のふつりあいと頭蓋骨の構造には退化のしるしがはっきり表われている」

アレクセイはひどく赤面し、連れたちの顔をまともに見られなかった。

「これはみごとだ！　驚くほど似ている。ジャンパーまであなたが着ているのとそっくりだ、ミスター・チャーリー！」とニキーフォル・アレクセーエヴィチが叫んだ。

みんな、なぜか気まずくなってしまった。そして黙って展覧会場のテントを出た。

みな急いで家へ帰ったが、カチェリーナはクレムニョフを蜂蜜をとりに蜜蜂飼育場へ連れていった。道はキャベツ畑を横切っていた。ほとんど青い、固い結球は、色鮮かな斑点をなして土の黒さを目立たせていた。バラ色の小さな水玉がついた白い服を着たたくましい二人の婦人が、キャベツのよく巻いたのを切りとり、二輪の手押し車に放りこんでいる。自分の蠟製の分身に対面して衝撃を受けたアレクセイは、今度のユートピア国旅行ではじめて自分の立場がまったく容易ならざる、八方ふさがりのものであることを徹底的に思い知らされていた。

他人になりすましたという原罪が彼の手足を縛っていた。彼の本名は明らかに農民ユートピアの王国においては狼のパスポート[*11]に等しかった。

だが、キャベツ畑があり、青い遠景があり、ないかまどの木の赤い房がある、この周囲の世界は、すでに彼にとって縁もゆかりもないものではなくなっていた。

彼はこの世界に、新しい、自分にとってかけがえのない、大事な結びつきを感じはじめていた。さらに、過ぎ去った社会主義の世界に対するよりもむしろ強い親近感をこの世界に抱き、なぜそうなったのかもわかっていた。カチェリーナの方は、速く歩いたので上気した顔をしていたが、彼と並んで歩きながら、うっとりとし、知らず知らずのうちにぴったりと彼に寄りそっていた。

二人は歩調をゆるめると、古い水路の斜面を降りはじめた。アレクセイは彼女の手を握った。二人の指はからみ合った。

まっ黒い、掘りおこされた土のうえには、りんごの木がきちんと並んで伸びていた。これらの木には古い日本の版画にあるような曲がった枝がつき、実がたわわになっていた。大きくて赤くて香りのよいりんごと石灰を塗った白い幹が空気を豊饒の香りでいっぱいにしていたが、アレクセイには、それがカチェリーナの腕やうなじから出る肌の匂いのように思われた。

こうして、彼のユートピア的恋愛がはじまった。

第十一章　第九章とまったくよく似た章

クレムニョフと連れの娘が帰宅したときには、夕食の用意がとうにととのい、二人を待っているところだった。

みんなは二人を冷やかに迎えると、黙って食卓についた。家のなかにはいいようのない不安がみなぎっていた。

ドイツでおこった危険な事件のことや、ガリツィヤ国境の見直しをドイツ人民委員会議が要求してきたことが話題にのぼった。自分だけでなく、カチェリーナも何か悪いことをしたように感じているのがアレクセイにはわかった。

朝の対話のつづきをするために、夜になってクレムニョフが書斎に入っていくと、アレクセイ・アレクサンドロヴィチにも心なしか冷淡さが感じられた。

「今朝の話のなかで」、と白髪の家長は話しはじめた。「わが国の経済体制の特質をもう一つ言いおとしていました。国民所得の民主化に努めながら、われわれは当然ながらわれわれが受けとる資金を分散したし、また当然ながら大きな財産の形成を妨げたのでした。この現象は肯定的特質を多くもっていたのですが、否定的な側面もありました。第一に、資本の蓄積を弱めてしまったのです。分散された所得はほとんど全部使われてしまい、わが社会の資本形成力は、とくに私営信用機関の廃止後は当然ながらゼロになってしまいました。

そこで、農民協同組合と若干の国家機関が特別な社会資本を創出するために、真剣な方策をとって、資本形成を強めるよう並々ならぬ努力を払わねばなりませんでした。こうした方策の一つとして、経済生活の新しい分野で働いているあらゆる発明家や企業家に対して潤沢な融資をすることもやりました。

国民所得民主化がもたらしたいま一つの帰結は、芸術の保護が大幅に弱体化し、定職のない人びとの数が減ってしまったことです。これによって芸術と哲学を大いに育んできた培養基がおびやかされたのです。

ここでも農民の自主活動が、この課題を解決してくれました。もとよりいくらか中央からの助成もあったのですがね。

芸術が開花するためには、社会の側に芸術に対する高度の関心と作品に対する積極的で十分な需要がいります。いまはそのどちらも揃っています。つまり、今日あなたはベーラヤ・コルピで絵の展覧会とそれに対する住民の反応をごらんになりましたね。わが国の今日の農村建設のために注文されるフレスコ画は、数千平方メートルとはいかないまでも、数百平方メートルにのぼっていることは言っておかねばなりますまい。学校や各郷の人民会館にも美しい画がいくつもかけられています。個人的な需要も多いですね。

ご存知でしょうが、ミスター・チャーリー、わが国では芸術家の作品だけでなく、芸術家そのものの需要もあるのです。あちこちの郷や郡で、ただその領域内に居住地を移してもらうためだけに、ある芸術家、ある詩人、あるいはある科学者に多額のお金を何年がかりで支払ったケースも一例にとどまりませんよ。イタリア・ルネサンス時代のメディチ家やゴンザーガ家を思い起こさせます、そうじゃないですか。

　その他、われわれは聖フロルとラヴル友愛団、オリンピア聖像画家集団、その他多くの組織を大いに支援しております。もうご存知ですね。

　お気づきのように、経済的問題を説明しているうちに、いつの間にか社会的問題に入ってきてしまいました。これはより難かしい、より複雑な問題でした。

　われわれの課題は、個人と社会の問題を解決することでした。必要だったのは、個人はなんらの束縛を感ずることがなく、しかも社会が個人には見えない方法で社会的利益を守っているような人間社会を建設することでした。

　その際、われわれは、社会を偶像に仕立てたり、国家を物神崇拝の対象にしたりしたことは一度もありませんでした。

　つねにわれわれの究極的な基準となっていたのは、人間生活の内容の深化、完全なる人間的個性でした。残りのものはすべて手段でした。これらの手段のなかでもっとも強力で、もっとも必要だとわれわれが考えているのは社会と国家ですが、しかし、それらは手段にすぎないのだということを片時も忘れたことはありませんでしたね。

特にわれわれは国家に対しては慎重で、国家を利用するのはのっぴきならない必要性のあるときだけです。何世紀にもわたる政治的経験が教えてくれているところでは、残念ながら、人間の本性はつねにほとんど変わらず、性格がおとなしくなることがあるとしても、その歩みは地質学的過程に似て遅々たるものですからね。権力欲をもつ強い天性は、他の人びとの生活をふみにじっても、つねに全面的に完全な、内容豊かな生活を自分のものにしようとします。ヘロドトスやマルクス・アウレリウスやヴァシーリー・ゴリーツィン[*1]の生活は、その内容からしても深みからしても、現代の最良の人たちの生活にくらべて恐らくどの点も劣っていないだろうということはよくわかっています。違いは、当時はこうした生活をしていたのはごく少数だったのが、いまでは数万もの人びとがそうしており、将来は、これはわたしの期待なのですが、数百万人がそうするだろう、ということだけです。すべての社会的進歩は、文化と生活の源泉に直接ふれる人の範囲が拡がることのなかにあるのです。お神酒や神の食べ物はすでにオリンポスの神々だけのものであることをやめ、市井の民の食卓を飾っているのです。

この進歩の方向に、社会は過去二百年間たゆまず発達しつづけてきました。もちろん社会には自衛する権利があります。何らかの強力な人物、あるいは強力な人物のいろいろな集団がこの進歩を妨げるときには、社会は自衛します。この面では、国家は試験ずみの機構です。

さらに、国家は一連の技術的必要をみたすのに悪くはない道具です。

わが国の国家がどのようにつくられているのか、おききになりたいでしょう。あなたもご承知のように、国家形態の発達は論理的な道によってではなしに、歴史的な道によって進むものです。いまあるわが国の機関の多くは、部分的にはこのことによって説明されます。あなたもご存知のように、われわれの制度は、ソヴェト制度、農民ソヴェト制度です。これはわが国の歴史の社会主義期の遺産ですが、そのなかには価値ある側面も少なくないのです。農民層のなかには、この制度は基本的にはすでに一七年十月よりはるか以前から協同組合組織の管理システムのなかに存在していたということも認めなければなりません。

このシステムの基本的原理は、あなたにはおそらくおわかりのことでしょうから、あまり立ち入らないことにします。

ただこれだけは言っておきますと、われわれは、このシステムでは、すべての権力機関は奉仕している大衆あるいは機関に対して、直接責任をもっているという考えを大事にしています。この原則が適用されないのは裁判所と国家統制局、それに全面的に中央権力の管理下にある若干の機関と交通分野だけです。

われわれの見解では、立法権の分割は少なからぬ価値をもっています。原則的な問題は、地方でそれをあらかじめ検討した上で——あくまで検討なんですよ、というのは法律は代議員に強制委託をすることを禁止していますからね——ソヴェト大会で決定されることになっています。立法の技術面そのものは、中央執行委員会か、多くの場合には人民委員会議に委ねられています。

こうした統治のやり方のもとで、人民大衆は最大限に国家の創造的活動に引き入れられていますし、同時に立法機構の柔軟性も保障されているわけです。

しかし、われわれはこのすべてのメカニズムをリゴリスチックに実現しようとしているわけではないのでしてね。地方ごとのバリアントを喜んで容認しております。例えば、ヤクーツク州では議会制をとっていますし、ウグリチでは君主制の愛好者たちが『分領侯』をかついでいます。地方ソヴェトの権力によって制限を受けている『分領侯』なのですがね。またモンゴル＝アルタイ地方では中央権力の『総督』が単独統治をしています」

「恐縮ですが」とクレムニョフが彼をさえぎった。「ソヴェト大会や中央執行委員会や地方ソヴェトですが、これらはどれもやはり権力に承認を与える以上のものではないわけですね。では、あなたの国では物理的権力そのものはどこにあるのですか」

「ああ、ほんとうにお人好しのミスター・チャーリー。そんな心配はわれわれの同胞はほとんどみなとっくに忘れてしまっています。といいますのも、われわれは完全にあらゆる社会的機能や経済的機能を国家からほとんど取りはずしてしまっており、普通の住民はほとんど国家に接することがないのです。

それに一般的にわれわれは、国家を社会生活組織の古くさくなった方法の一つとみなしています。われわれの仕事の十分の九は社会的方法でおこなわれていますが、まさにこの方法こそわれわれの制度の特徴であるわけです。つまりですね、さまざまな団体、協同組合、大会、連盟、新聞、その他の世論機関、アカデミー、それに果てはクラブ——これがわが国の人民の生活を織りあげている社会的素材なのです。

そりゃ、ここでもその組織にあたってわれわれは非常に複雑な組織論的問題にぶつからざるをえないのですがね。

人間の本性というものは、そうですね、単純な生活の方に向きがちでしてね。社会的交流や外からの心理的刺激を与えないで、なすがままにまかせておけば、徐々に自らの内実を消し去り、浪費してしまうでしょう。森のなかに捨てられた人間は野生化します。その魂は内容が乏しくなっていくのです。

したがって、われわれが何世紀にもわたって文化の源であった都市を全面的に破壊してしまったとき、非常に危惧したのは、森や野原のなかに分散して村のくらしをするわが国の住民が、わが国の歴史のペテルブルク時代のように徐々に自分の文化を腐らせ、すたれさせてしまうのではないか、ということだったのもごく当然のことです。

この腐敗との闘いにおいて考えねばならなかったのは、社会的下水処理のことでした。さらに大きな心配の種は、文化のさらなる発展とその創造の問題でした。これも都市に負っていたものですからね。

われわれは執拗にこういう考えに悩まされていたのでした。つまり、人類が分散して村のくらしをしている状態で、文化の最高の形態は可能であろうか、と。

しかし、デカブリストを生み、プーシキンを世界におくった前世紀の二〇年代の領主文化の時代が、このことが技術的には可能であることをわれわれに語っていました。残っているのは、その技術的手段を発見することだけでした。

われわれは、理想的な交通路をつくりだすためにあらゆる努力を払い、その道を通って、その地方の中心地に住民を往来させる手段をみつけだし、これらの中心地に持てるすべての文化的要素を投入しました。郡および郷の劇場、郷支部をもつ郡博物館、人民大学、あらゆる種類と形態のスポーツ、合唱団、教会や政治にいたるまでのありとあらゆるものが文化向上のために村に投入されたのです。

われわれは、大きな賭けをしたのですよ。数十年間は農村を心理的緊張のうちにおきつづけました。世論組織特別連盟は、大衆の社会的エネルギーを喚起し、持続させる数十の機関をつくりましたし、ちなみに立法機関にも農民の社会意識を目ざめさせるために、農民の利益をおびやかす特別の立法案がわざと提出されたこともありました。

しかし、わが同胞を文化の源泉とふれさせる事業のなかで重要な意義をもったのは、おそらく、青年や娘たちの義務としての旅に関する法律と、二年間の兵役＝勤労奉仕義務だったでしょう。

旅という考えは、中世のギルドから拝借したものでして、若者たちを全世界に触れさせて、その視野を広げさせました。若者がさらに大々的に陶冶されるのは兵役時代です。良心に誓って申しますが、われわれは兵役にほとんどいかなる軍事的意義も与えていません。外敵が攻撃してきた場合には、わが国には大砲やピストルを全部合わせたものよりも強力な防衛手段があります。もしドイツ人があの威嚇を実行に移そうものなら、思い知ることになるでしょう。

だが、精神を鍛える勤労奉仕の教育的役割は、測り知れないものです。スポーツ、リズム体操、リズミカルな動作、工場での労働、行軍、演習、土木工事――こうしたものはどれもわれわれにとっては同胞を鍛えあげるものでしてね。まったくのところ、この類いのミリタリズムは古い軍国主義がもっていた多くのあやまちを償うものです。

文化の発展のことが残っていますが、この分野でなされていることの一部はもう話しましたね。

この問題の解決を容易にしてくれた主な思想は、才能のある生命を人為的に選別し、その組織を助成するという思想でした。

過去の時代には、人間の生命は科学的に解明されていませんでしたし、その正常な発達、その病理についての学説をつくりだそうという試みもなされませんでした。われわれは人間の加齢による病いについて何も知らなかったし、挫折した生命の診断や療法についての概念をもっておりませんでした。

潜在的エネルギーの蓄積が少ない人びとは、しばしばろうそくのように燃えつき、状況の重みにおしつぶされて滅びましたが、巨大な力をもった個人が自分のエネルギーの十分の一も使わずに終ったこともよくありました。いまではわれわれは人間生命の形態学と力学を知っていますし、人間のなかに蓄積されたすべての力を引きだす方法も知っているわけです。そして特別な団体、つまり人数も多く、強力な団体がありまして、それで数百万人の人びとを自分の観察下においているのです。今日では才能は一つも失われることはなく、人間の可能性は一つとして忘却の彼方に消えることはありませんから、ご安心下さい」

クレムニョフはショックを受けてとびあがった。

「しかしそれが恐しいことでないのですか。こんな暴政にまさる暴政はありません！ドイツの人智学[*2]やフランスのフリーメーソンを復活しているあなた方の団体は、あらゆる国家テロルにひけをとりません。実際にあなた方にとって国家なんてなんのために必要なのですか、あなた方の体制はもっとも賢い二十人の野心家の洗練された寡頭政治に他ならないんですから」

「興奮なさらないで下さい、ミスター・チャーリー。まず、強い個人の誰一人としてわが国に暴政があるなどとは感じていません。三十年前ならあなたのおっしゃることは正しかったでしょう。当時わが国の体制は、才能ある熱狂者たちの寡頭制でしたから。でもいま、われわれはこう言うことができます。『いまこそなんじの奴隷を解放せよ』と。農民大衆は国の世論決定に積極的に参加するまでに成長し、もしわれわれが精神的に権力の座にあるとしても、それはひとえにドイツ人の言うように『カイザーはわれわれの意志を実行するとき絶対である』からなのです。

どんな強力な組織でも、ヤロポーレツやムリノヴォやその他の何千という集落の農家に住む、考える人びとの意志に逆らおうとしてごらんなさい。その組織はたちどころに自分の影響力と精神的権力を失ってしまいます。

人民の精神文化は、ある非常に高い精神的水準に達すると、自動的に維持され、内的安定を得ることを信じて下さい。われわれの課題は、それぞれの郷が自分の創造的な文化生活を営むこと、コルチェヴァ郡の生活がモスクワ郡の生活と質的に異ならないようにすることにあるのです。われわれ、村の復興に情熱をかける者、われわれ、偉大なる預言者ア・エヴドキーモフ[*3]の弟子たちは、これが達成できれば安心して墓場へ行けるというものです」

老人の目は青春の炎で燃えていた。クレムニョフのまえに立っているのは一人の狂信者であった。

クレムニョフは立ちあがると、驚きをかくさずにミーニンの方を向いた。

「わかりました。あなたはおっしゃいましたね、自由な人間個性も、全国家も、義務も社会も手段にすぎないと。では、あなたのお考えでは、自分の行為を自己評価するための社会的基準は、あなたの国の市民にとっては必要なものですか、それとも余計なものですか？」

「国家統治の便宜という観点からすれば、大衆的現象としては望ましいものです。だが、倫理的観点からすれば、どうしてもというものではありません」

「そんなことをあなたは公然と唱えられているのですか？」

「どうぞわかって下さい、わが友よ」と老人は顔を赤らめた。「わが国には盗みはありません。それは誰もが盗みは悪いことだと自覚しているからではなく、わが国の市民の頭のなかには盗むという考えすら生まれないからです。われわれの考えでは、言うまでもないことですが、意識された倫理というものは不道徳なものなのです」

「わかりました。しかし、それをすべて自覚しているあなたという人、精神生活と世論の最高司令官であられるあなた、あなたは一体何者ですか？　預言者ですか、義務感にかられた狂信家なのですか？　農民の楽園づくりに取り組むあなたの仕事は、いかなる考えに鼓舞されているのですか？」

「あなたは不幸な人だ！」とアレクセイ・アレクサンドロヴィチは全身をまっすぐ伸ばして、叫んだ。「われわれの仕事や何千人というわれわれの同志は何に鼓舞されているかですって？　スクリャービン[*4]に聞いて下さい、『プロメテウス』を創造するよう彼を鼓舞したのは何だったのか、レンブラントにあの有名な場景を創造させたのは何だったのか。それはプロメテウスの創造の火の火花ですよ、ミスター・チャーリー！　あなたはわれわれが何者なのか知りたがっておられますね、預言者なのか、それとも義務感にかられた狂信家なのか、と。そのどちらでもありません。われわれは芸術的人間なのですよ」

第十二章　みごとに改善されたモスクワの博物館や娯楽について描き、不快きわまりない予期せぬ出来事で中断される章

次の日の朝、クレムニョフはベーラヤ・コルピの町の住人たちが彼に対していっそう冷やかになっているのを感じた。アレクセイ・アレクサンドロヴィチは、彼にしぶしぶメテオロフォール・システムの設置について説明してくれた。

彼の話によると、天候状態と磁力線の強さとが関連をもっているという事実は、すでに十九世紀に認められていた。急速に移動する旋風と逆旋風はつねに対応する磁力の相をもっている。最終的に明らかになっていなかったのは、ただこの関係のなかで決定的要因はどちらなのか、つまり天候が磁場の状態を決定するのか、それとも磁場が天候を決定する

のかということだけであった。分析の結果、後者の仮説が確証され、四五〇〇の磁力ステーション網を設置することによって磁場の状態、ひいては天候をほぼ完全に自由自在に操作することができるようになったのである。ミーニンはメテオロフォールの説明に移ったが、アレクセイが数学の法則によわいことがわかると、さっさと説明を打ち切ってしまった。

昼食のあとで、クレムニョフは自分の立場がどうにもならなくなっていて、破局が迫っているのを感じとった。だからパラスケーヴァが、買物とモスクワの鐘による教会音楽コンサートに行くので、一緒に行かないかと言ってくれたときには、無性にうれしかった。

軽回転円盤飛行機は二人を乗せて、中央飛行場に三時頃に到着した。コンサートの開始までにはたっぷり時間があったので、パラスケーヴァはモスクワの博物館をみてまわろうといいだした。彼女がいうには、いま博物館は大革命がやれずに終ったことを成しとげ、博物館式旧習墨守を破って、しまいこまれていた精神的財宝をすべて引っぱりだすことに成功したということだった。

「歴史博物館だって一九七〇年になってふたたび陽の目を見たんです！」

ルミャンツェフ博物館の新しい建物は、マネージ広場からズナメンカ通りまでの巨大な街区全体を占め、建物の正面はアレクサンドル庭園に面していた。一列に並んだ部屋には、サンドロ・ボッチチェルリ、ルーベンス、ヴェラスケス他、過去の芸術の巨匠たちのすばらしい絵画や、日本やいままで知らなかった中国の版画が展示されていた。それらはいずれも他の国からの贈りもので、パラスケーヴァの説明によると、ヨーロッパや東洋の国々の博物館からノヴゴロドやスーズダリのイコンと交換して得たものであった。数十もの部屋を急ぎ足で見てまわりながら、アレクセイが思わず足をとめたのは聖遺物の広間であった。プーシキンの部屋も彼を感動させた。この部屋は、かつて読んだプーシキンについての何十冊の本全部よりも、この偉大な詩人の魂を明らかにしてくれた。ウシャコーフのアルバム、アルバムの詩の一枚一枚、親友たちの肖像画、ナシチョーキンの小さな家、それにその他何百人にものぼるこの偉大なる生命の証言者たち。

大革命期の部屋には打ちのめされた気持ちになった。少々時代の蜘蛛の巣をはりめぐらされてはいたが、よく知っている人物たちや品々が、ことさら挑戦的に彼をにらみつけていたからだ。

しかし、長居はできなかった。三十分ほどすると、最初の鐘が鳴るはずだ。通りに出ると、大勢の人びとの群れがモスクワ川のほとりにある広場や公園や庭園を埋めつくしていた。プログラムを受け取って読んでみると、アレクサンドル・スマーギン[*1]協会が刈りいれの終了を祝ってモスクワ州の農民を鐘の演奏に招待しているのであった。演奏するのはクレムリンの鐘だったが、他のモスクワの教会の鐘も協力することになっていた。プログラムは次の通りであった。

プログラム[*2]

1　十六世紀のロストフの鐘の音
2　ラフマニノフの『ミサ曲』
3　ヨアキムの鐘の音（一七三一年）
4　ボリシャクの大時計の音
5　連打のあるゲオルギーの鐘の音
6　スクリャービンの『プロメテウス』

7　モスクワの鐘の音

一分後にはポリエレイの鐘がたてつづけに鳴りはじめ、モスクワの上空に響きわたった。カダシとニコル大十字架教会とザチャチエフスキー修道院の鐘[*3]が一オクターブ低いバスでそれに応えた。ロストフの鐘の音がモスクワ全体に響きわたった。静かになった群衆の頭上に空の高みから落ちてくる銅の響きは、何か未知の鳥の羽ばたきに似ていた。ロストフの鐘の勢いはひとわたり終ると次第にどこか雲の彼方へ消えていってしまい、今度はクレムリンの鐘がラフマニノフのミサ曲の荘厳なる音階を奏ではじめた。

アレクセイは、芸術の最高の勝利に圧倒されて、頭をたれていたが、誰かが自分の肩をたたくのに気がついた。

急いでふりむくと、カチェリーナだった。彼女は謎めいた表情で自分についてくるように合図した。彼は何か話しかけようとしたが、声は鐘の音に吸いこまれてしまった。

一分後に彼らは大レストラン「ユーリヤと象」のロビーに入った。さすがにそのなかまでは鐘の音は入ってこなかった。

「わたし、わかりませんの、あなたがどなたなのか」と興奮した面持ちでカチェリーナはささやいた。「あなたがチャーリー・マンでないことだけはわかっているんですけど」

それから彼女が興奮したり、つっかえたりしながら彼に話してくれたのは、次のようなことだった。つまり、あなたの下手な英語の発音と純粋なロシア語の発音、服装の細部、数学の無知といったことから、自分の家族は第一日目から不信をもったが、その不信は強まる一方である。みんなはあなたのことをドイツの冒険のお先棒をかついでいる人智学派とみている。逮捕かそれとももっと悪い何かがあなたに迫っている。しかし、自分はこの中傷を信じていない。この二日間であなたのことがわかり、愛している。あなたは狼みたいに個性的で、人の心をつかんで放さない、すばらしい人だ。自分はあなたに警告するために探しにきたので、どうか逃げてほしい。いまドイツ人と人智学派を逮捕している司法権力にあなたの所在をつきとめさせることになるのがこわい。開戦が、いまにも宣言されようとしている。これだけ言って、だしぬけに彼の額に接吻すると、彼女はまたもや突然姿を消してしまった。

クレムニョフは、専制時代のロシアで何年も地下生活をしたことがあったが、さすがに途方にくれてしまい、八方ふさがりの自分の状態に絶望した。ボーイたちが疑いのまなざしで自分をじっと見ているのに気がついて、背筋が寒くなった。

すばやく彼はレストランを出て、広場へきた。鐘はもう天空を震わせてはおらず、群衆は不安げに散りはじめていた。新聞売りが号外をばらまいていた。「戦争だ、戦争だ」という声が四方八方から聞こえてきた。

クレムニョフが十歩も進まないうちに、彼の肩に重い手をおいた者があった。「とまるんだ、同志よ、あなたを逮捕する」

第十三章　クレムニョフがユートピア国の留置場のお粗末なつくりとユートピア的訴訟手続きの若干の形式を知る章

臨時に牢獄に転用されている大きな「リャザンの地からの上京者のためのホテル」の四方を、アレクセイ・ミハイロヴィチ時代[*1]の銃士隊の絵から抜けだしたような衣装を着た農民親衛隊の歩哨が固めていた。

アレクセイを逮捕したコミサールは、彼をロビーに連れていき、司令官に引き渡した。司令官は彼の逮捕番号をとると、フロント係に伝え、それからこう言った。「われわれは場所のことを少しも考慮に入れていなかった。それで今夜はあなたを大部屋に入れざるをえない。どうやらあなたは所持品がないようですな。もしあなたがモスクワ居住者ならば、住所をいいなさい。必要なものをあなたの家へ取りにやろう」

残念ながら自分は外来者であるとクレムニョフが言うと、このホテルの備品からすべて調達することを約束してくれた。

牢獄に使われることになったホテルのコンサート・ホールは、古きよき時代の、いくつも幹線が交叉する鉄道の停車場を思わせた。さまざまな年齢や地位の男女が旅行鞄や包みをもって所在なげに不機嫌そうな顔をしてすわっていた。

革のジャケツを着て、軍帽をかぶったドイツ人がいた。彼らは痩せて鋭敏そうで、チュートン人特有の傲慢さをもち、周囲のすべてに軽蔑のまなざしを向けていた。それからロシア人の蒼ざめた顔をした女たちやうつろな生気のない目をした若者たち、東方のどこかの出身の敏捷な者たちがいた。

あとでアレクセイが知ったところでは、これらのロシア人の女性や若者たちは、あの人智学派、つまりドイツの陰謀の虜にされ、大ドイツ思想に屈服した不幸な連中であった。

ホールに監獄司令官が入ってきて、集まっている者全員にもう一度、彼らの自由を奪ったことと部屋割りの条件のひどさを詫びた。彼は、二日もすれば全員自由の身になれるだろうと期待しているとも述べた。そして、この不便さはちゃんとした食事とあらゆる娯楽で埋めあわせるからと約束した。

実際に、昼食、あるいはより正確には夕食を待たせるようなことはなかったし、夕方には、ドイツ人たちは大机を取り囲んでカルタに興じ、残りの者たちは司令官がいそいで用意した小コンサートを聴いた。

みんなは折たたみ式のベッドで、服を着たまま寝た。朝になると、アレクセイは訊問を受けた。おまえは何者であるか。なぜアメリカ人技師チャーリー・マンになりすましたのか、という問いに対してクレムニョフは、彼の供述が一笑に付されるのではないかと恐れながらも、すべての経緯を誠心誠意語った。そして証拠としてベーラヤ・コルピの移動展覧会の自分の半身像とルミャンツェフ博物館の聖遺物室にたぶんあると思える資料をあげた。

ひどく驚いたことに、彼の供述は反駁を受けることも疑いをもたれることもなく、平然と書きとられたにすぎなかった。そして夕方専門家の精神鑑定を受けるよう言い渡された。へとへとに疲れるほどに長い一日だった。クレムニョフはずっと当てがわれた部屋の窓ぎわに坐り、市内を眺めていた。

社会の海は嵐の状態にあり、農村ロシアは、伝説の「黒海おじさん」に似て、三十三人の勇士の力を自分たちの胎内から引きだした。

フランスの猟兵のような早い歩調で、軍隊の厚い隊列が窓のまえの路上を通っていった。空色の乗馬服を着た若い女性が白馬にまたがり、将軍の羽根飾りをつけて女性軽騎兵のパレードを指揮していた。アレクセイは、さっそうと行進する中隊の一つの指揮官にカチェリーナの見憶えのある特徴を認めて、胸が高鳴った。ほどなくして騎兵は歩兵にかわったが、一般市民の群れが見えるかぎりの空間を埋めていた。

群衆は、弁士や巡回宣伝車の演説を聞き、群衆に向かって撒かれた束になったテレックスをとった。

夕方近くなって、アレクセイは外から見えない護送車に乗せられて、マホーヴァヤ通りに連れていかれたが、そこの大学本部の円形ホールでは鑑定委員会が彼を待っていた。

「答えなさい」と金縁の眼鏡をかけた白髪の老人が質問をはじめた。「オブリコムザプとは何のことか？　もしあなたが本当に大革命の同時代人であるなら、この言葉の意味をわれわれに説明できるはずだ」

クレムニョフは笑みを浮べて答えた。それは「西部州執行委員会」のことで、モスクワに首都が移ったあとペトログラードにしばらくの間存在していた機関である、と。

「ツェクモンクリトという機関はどういうものか？」

「文化独占中央委員会で、一九二一年に文化勢力の強制的利用のために作られたものです」

「では村の貧農委員会はどのような考えからつくられ、なぜ廃止されたのか、答えなさい」

クレムニョフは、この問題に対しても十分満足しうる答えを出すことができた。

その時代の一連の記録が彼に提示され、それらを解説せよと求められた。彼はそれも満足のゆくように処理した。そして最後に苦労しながら、長々と、農業の都市化の思想を説明し、ソフホーズについての質問に答えねばならなかった。

とどのつまり、彼が話した相手の教授たちは長いこと気の毒がって、頭をふっていたが、別れ際に次のように言った。彼は疑いなく革命文献に通暁しているし、アルヒーフに精通している点はわかる。しかし、彼はまったく時代の精神を体現しておらず、無分別から歴史的事件に途方もない解釈を与えている。それゆえ自分たちの同時代人であるとはまったく認められない、と。

アレクセイが牢獄に連れもどされたとき、通りはふたたび群衆で埋まっていた。群衆はまるで海の浪音のように盛大に騒ぎたてていた。

第十四章　終章。[*1]鋤はたちどころに剣に変わることを証明し、結局クレムニョフはまったく悲惨な状態におかれることを明らかにする章

「リャザンの地からの上京者のためのホテル」に強制的に住まわされた者たちは、荘厳な歌うような鐘の音で目を覚ました。ほどなくして、戦争が終ったので全員釈放する、しかし希望者はそのまま残ってモーニング・コーヒーを飲んでもよい、と告げられた。監獄はたちまち活気のあるホテルに様変わりし、本来の姿をとりもどした。

クレムニョフが立ち去ろうとすると、司令官が審問委員会の決定が入った封書を渡してくれた。それには、アレクセイ・クレムニョフと名乗っている市民の罪状は成立しないので、他の者と同様釈放すべきである、と指示してあった。委員会は、彼の出自についての

説明は真実とは思えないとみなしているが、しかしクレムニョフと名乗る市民の経歴詐称には何らの犯罪的要素も見出しえないので、ニキーフォル・ミーニンによって申し立てられた審問は中止する、としていた。

アレクセイは、いままで自分の牢獄であった部屋のベランダで官費で朝食をするという与えられた権利を行使しようと心に決めた。席をとると、投げてよこされた停戦に関する公式声明の載った新聞を、一心に読んだ。

新聞が報じるところによると、九月七日に大群の飛行機に掩護されたドイツ国民皆兵軍の三個軍はロシア農民共和国の領域に侵入したが、一昼夜の間、抵抗に会うどころか住民の影にも形にも会わず、五〇露里、場所によっては一〇〇露里も進出した。

すると、九月八日夜三時十五分に、あらかじめ計画された通り国境地帯のメテオロフォールが小口径の旋風で磁力線を最大にあげ、半時間もたたないうちにドイツの百万の軍隊と数万機の飛行機は、ものすごい竜巻によって文字通り吹きとばされた。国境では風のカーテンをおろし、急遽派遣されたタラのプロペラ橇《そり》部隊が落ちてくる大軍をできる限り救護した。二時間後ベルリン政府は、戦争を停止し、自分たちのために使わせた戦費はいかなる形であれ弁償すると言明した。

ロシア人民委員会議は、その弁償の形としてボッチチェルリ、ドメニコ・ヴェネツィアーノ、ホルバインの絵画数十点、ペルガモの祭壇と中国唐代の彩色をほどこされた版画一千点、さらに名高い品種「Nur für Deutschland（ドイツ専用）」の優良種牛千頭を選んだのであった。農民軍のラッパが喨々とファンファーレを吹き鳴らし、国歌であるスクリャービンのプロメテウスの調べがモスクワの空にこだました。

コーヒーを飲み、ローストビーフを食べ終ると、クレムニョフは椅子から立ちあがった。起こったことに押しつぶされ、意気消沈した彼は、ベランダの階段をのろのろと降りた。そして何のつてもなく、生活の手だてもないまま、ほとんど不案内なこのユートピア国のなかへ、ただ一人入っていった。

訳注

第一章

＊1——キタイ・ゴロド　モスクワのクレムリンの東側にひろがる、赤の広場を含む一帯をさす。十六世紀にそのまわりに塔のある壁ができ、二十世紀までその壁の一部が残っていた。文中の壁はルビャンカ広場（社会主義時代はジェルジンスキー広場）の南側にある部分。総合技術博物館はこの広場の東のはずれにいまもある。

＊2——フレロフスキー　ワシーリー・ベルヴィ＝フレロフスキー（一八二九―一九一八）。本名ベルヴィ。ロシアの社会学者、経済学者。一八七〇年代のナロードニキたちが出版した彼の『社会科学のＡＢＣ』（一八七一年）は、幾世代にもわたって社会主義青年の愛読書であった。

＊3——グラヴブム　革命後の経済管理機関の略称で、「紙総局」の意。古文書がただの紙の山として扱われる時代を象徴する。

＊4——ソヴェト第一会館　ホテル「ナツィオナール」が革命直後こうよばれていた。

第二章

＊1――スーハレフカ　モスクワの市場。スーハレフスカヤ塔のまえの広場（社会主義時代には大コルホーズナヤ広場）にナポレオン軍撤退後直ちに開設された。革命政権下では闇市となっていた。

＊2――モリス　ウィリアム・モリス（一八三四―九六）。イギリスの社会主義者。『ジョン・ボールの夢』（一八八八年）と『ユートピア便り』（一八九一年）を書く。

＊3――トーマス　トーマス・モア（一四七八―一五三五）。イギリスの政治家。『ユートピア』（一五一六年）の著者。

＊4――ベラミ　エドワード・ベラミ（一八五〇―九八）。アメリカの作家で、国家主義的工業的未来社会を書いた作品『かえり見れば――二〇〇〇年より一八八七年を見る』（一八八八年）で有名。

＊5――ブレチフォード　ロバート・ブレチフォード（一八五一―一九四三）。アメリカの社会主義者。『ザ・クラリオン』編集者。

＊6――フーリエ　シャルル・フーリエ（一七七二―一八三七）。フランスの社会思想家。初期社会主義者の一人で、理想社会「ファランジュ」を描いた。

＊7――世界国民経済会議　ロシア革命後、ソヴェト政権は国民経済会議を中央と地方に設け、経済・財政の組織にあたらせた。ロシア一国の最高国民経済会議が世界革命の成功とともに

全世界機関に拡大して、世界国民経済会議となったという想定。

*8――パヴレンコフ版　一九〇五年に出た最初のゲルツェン著作集、全七巻。

*9――ミリュコーフ　パーヴェル・ミリュコーフ（一八五九―一九四三）。歴史家で、カデット党の代表的政治家。二月革命後外相、のち亡命。

*10――ノヴゴロドツェフ　パーヴェル・ノヴゴロドツェフ（一八六六―一九二四）。モスクワ大学の法制史の教授、カデット。

*11――クスコーヴァ　エカチェリーナ・クスコーヴァ（一八六九―一九五八）。女性社会運動家。解放同盟のメンバーで、カデット党員となった。一九二二年夫プロコポーヴィチとともにソ連から追放された。

*12――マカーロフ　ニコライ・マカーロフ（一八八七―一九八〇）。農業経済学者、土地改革連盟会員。革命前後ヴォローネジ農業高専教授、モスクワ大学講師。一時国外へ出たが、帰国。一九二四年よりチミリャーゼフ農業大学校教授となる。一九三〇年代にチャヤーノフらとともに勤労農民党事件で逮捕された。スターリン批判後復活、一九六〇年代に二冊の著書が出た。

第三章

*1――スーハレフカの塔　一六九二年ピョートル大帝が反乱鎮圧に功績のあったスハレフスキー

連隊を記念して建造した三層の塔（高さ六十四メートル）。

＊2――カダシ　クレムリンから川を越えた南側のカダシェフスキー通りにあったキリスト復活教会の鐘楼。

＊3――公爵ピョートル・アレクセーエヴィチ　クロポトキン（一八四二―一九二二）のこと。

＊4――ニネヴェ　古代アッシリアの都市。十九世紀以来発掘が続けられている遺跡。

＊5――バビロニア様式　チグリス・ユーフラテスの下流におこった紀元前三千年のバビロニア国の様式。

＊6――ピーテル・ブリューゲル（一五二五頃―六九）　フランドル派最大の画家。「百姓ブリューゲル」とも呼ばれる。

＊7――ヴェ・シェール（一八八三―？）　はじめメンシェヴィキで、十月革命後はツェントロサユース、最高国民経済会議、国立銀行などで働く。一九三一年メンシェヴィキ・センター事件で禁固十年の判決をうけた。

＊8――リャザーノフ　ダヴィッド・リャザーノフ（一八七〇―一九三八）。独立派の社会主義者。ソヴェト時代にマルクス・エンゲルス研究所所長。メンシェヴィキ・センター事件に関連して逮捕流刑される。代表作『マルクス主義史概論』（一九二三年）。ここではマルクス主義からの彼の転向を想定している。

＊9――クスコーヴァの回想の第三十八版　クスコーヴァはソ連から追放された後に西欧で亡命者

の雑誌に回想を書いたが、それは全生涯をカバーするものではない。チャヤーノフがこう書いたのは、クスコーヴァが回想を書けば、興味深く、状況の変化にもかかわらず、読者を得るだろうと考えていることを表わす。

*10——『青銅の騎士』 プーシキンの名高い作品。プーシキンの古典は不朽の生命をもつという考えを表現している。

第四章

*1——パラスケーヴァ ギリシャ語の「パラスケヴィ」からつくられた名前。金曜日の意。キリスト教ではイエスが十字架にかけられたのが金曜日。ギリシャ正教では肉を食べない断食の日である。

*2——ボローニヤ派 十六世紀後半から十七世紀にかけてイタリアのボローニヤに生まれた保守的な絵画の流派。ルネサンスの巨匠たちを讃美し、その画法を継承せんとする。マニエリスムともいわれる。

*3——メムリンク ハンス・メムリンク(一四三〇頃—九四)。「フランドルのラファエロ」と呼ばれた画家。

*4——クラーナハ ルーカス・クラーナハ(一四七二—一五五三)。ドイツの画家、宗教改革派の肖像や宗教画を描いた。

＊5——ヴァルヴァーリン　「スターリン」（鋼鉄の人）と同じで、「野蛮な人」という意味の姓。この人物が一九三七年に陰謀を企てたという話になっている。

＊6——スーズダリ　十二世紀にユーリー・ドルゴルーキー大公の支配したロストフ＝スーズダリ公国の首都であり、当時の教会建築が残っている。ロジェストヴェンスキー聖堂のフレスコ画は名高い。

第五章

＊1——バラーシ　バラシェフスキー小路とポクロフカ通りの角にあったキリスト復活教会。

＊2——ラストレルリ設計の建物　元アプラクシン家の邸宅。バルトロメオ・ラストレルリ（一七〇〇—七一）はペテルブルクの冬宮を建てたイタリア人の建築家。この建物の先にモスクワ第四中学があった。

＊3——ポクロフカ通り　モスクワの北東から赤の広場にまで通じる通り。ポクロフスキエ門を通る。社会主義期はチェルヌイシェフスカヤ通り。

＊4——蜜湯　蜂蜜を湯にとかして薬味を入れた飲み物。十九世紀半ばまで飲まれたが、以後はすたれていた。

＊5——バープキ競技　馬の足の骨（バープキ）を一列に並べ、離れたところから同じ骨を投げて倒す遊び。ゴーリキーの『人々のなかで』には労働者たちが金を賭けてこの遊びをする話

が出てくる。

＊6——ヴィターリ　イヴァン・ヴィターリ（一七九四—一八五五）。彫刻家。一八三五年にボリショイ劇場前の広場の噴水に青銅の像をつくった。

＊7——活版印刷創始者　イヴァン・フョードロフ（生年不明—一五八三年）。一五六四年ロシアで最初の本を印刷した。

＊8——ルイコフ　アレクセイ・ルイコフ（一八八一—一九三八）。ボリシェヴィキで、十月革命後、内務人民委員、さらに最高国民経済会議議長。レーニン死後は人民委員会議議長、ブハーリン派として逮捕され、処刑された。

＊9——コノヴァーロフ　アレクサンドル・コノヴァーロフ（一八七五—一九四八）。モスクワの資本家で、国会議員。自由主義の左派。十月革命で打倒された臨時政府の副首相。亡命。

＊10——プロコポーヴィチ　セルゲイ・プロコポーヴィチ（一八七一—一九五五）。社会民主主義者から自由主義者となり、臨時政府の商工相、食糧相。一九二二年ソ連より追放される。クスコーヴァの夫。

＊11——セレダー　セミョーン・セレダー（一八七一—一九三三）。ボリシェヴィキ、一九一八—二一年ロシア共和国の食糧人民委員。

＊12——マースロフ　セルゲイ・マースロフ（一八六七—一九四六）。エスエル党員、臨時政府の最後の農業相。亡命。

＊13――ピカール　ピエール・ピカール。オランダの版画家で、十七世紀から十八世紀はじめにロシアで仕事をした。

＊14――カーメンヌイ・モスト　十七世紀にロシア建築師フィラレートがモスクワ川にかけた最初の石造りの橋。

＊15――ゴーゴリ＝モーゴリ　卵と砂糖をまぜて泡だててつくるデザート飲料。

＊16――ジョルトフスキー（一八六七―一九五八）　一九一八年にはモスクワの改造計画に関与していた実在の建築家。

＊17――救世主キリスト聖堂　クレムリンから遠からぬモスクワ川のほとりに一八一二年戦役の勝利を記念して建設された大聖堂。建設開始は一八三九年、竣工は一八八三年。高さ百メートルの聖堂内には一万人が入れた。革命後も聖堂のままだった。一九三一年に破壊され、その跡にソヴェト宮殿を建築することが企てられたが、成就しなかった。一九六〇年からはプールになっていた。ペレストロイカ後に聖堂は再建された。一九九六年に献堂式がおこなわれた。

第六章

＊1――プーシキン像　一八八〇年に彫刻家オペクーシンによって制作された。除幕式でのドストエフスキーの演説は名高い。一九三〇年代に近くのストラストナヤ修道院が解体されて、

広場がひろげられ、一九五〇年に像は広場の中央に移された。一九六〇—七〇年代のソ連では、この銅像のまわりで人権運動家のデモがおこなわれ、弾圧されている。

*2——漁師と魚の話　漁師が、海で助けた金の魚に、欲張りの妻の願いをつぎつぎと叶えてもらったが、最後に元通りの生活にもどってしまうという話。際限のない欲望をいましめる話である。

*3——シャニャフスキー大学　一九〇八年に自由主義的な退役将校で金鉱業者シャニャフスキーのイニシャチヴで開校された私立大学。一九一九—二〇年にモスクワ大学とスヴェルドロフ共産大学に吸収された。

*4——アルハンゲリスコエ　帝政期の大貴族ユスーポフ家の館と領地。革命後ソヴェト国家の所有に移され、一般公開されている。

*5——ヴァトルーシカ　上に凝乳やジャムをのせたビスケット。

*6——ユスーポフ　ニコライ・ユスーポフ（一七五〇—一八三一）。公爵、外交官、のち帝室劇場長官、エルミタージュ館長。一八一〇年にアルハンゲリスコエを手に入れた。

第七章

*1——飛行機で大西洋を渡る　リンドバーグが初の大西洋横断飛行をしたのは一九二七年のことであり、大西洋横断の空の旅客輸送がはじまったのは、第二次大戦開戦の年一九三九年の

六月のことであったことを想起されたい。

＊2――デルジャーヴィン　ガヴリラ・デルジャーヴィン（一七四三―一八一六）。プーシキンに道を開いたロシアの詩人、政治家で、司法大臣もつとめた。

＊3――アレクサンドロフ　アナトーリー・アレクサンドロフ（一八八八―一九八二）。一九一六年モスクワ音楽院を卒業した作曲家。二六年から母校の教授。初期には抒情的な歌曲を作っていた。

第八章

＊1――ラデック　カール・ラデック（一八八五―一九三九）。ポーランド生まれ。ポーランド社会民主党に入党、のちドイツ社会民主党左派として活動し、ロシア二月革命後ボリシェヴィキに入る。一九一八年のドイツ革命の際現地に派遣されたが、翌年逮捕され、送還された。二〇年代後半にトロツキー反対派として党を除名されたが、復党して、スターリンのイデオローグをつとめた。三七年「人民の敵」として逮捕され、禁固十年の刑を受けて獄死した。

＊2――エルヴェ　ギュスターヴ・エルヴェ（一八七一―一九四四）。フランスの社会主義者。強い反軍主義を唱えたが、第一次大戦の際には戦争協力論をとり、社会党を脱党した。

＊3――人民委員会議　ソヴェト権力における内閣のこと。

第九章

*1――彼の父　アレクサンドル・ニコラエヴィチ・ミーニン。実在の人物。解説を参照。
*2――湖に……しないためだ　川かますは、ロシアの川にいる体長一・五メートルもある大魚。雑食で、小魚、蛙を食べる他、共食いもし、川鳥も食べる。川かますと鮒の話は、ロシアの有名なことわざで、「泥棒もいるので用心もする」という意味。
*3――グラフキやツェントル　いずれも国営工業を指導統制する中央機関、ツェントルはセンターの意味。
*4――ゼウスはギリシャ神話の最高神、雷電は彼の新しい武器で、これで神々を服従させた。
*5――ラーリン　ユーリー・ラーリン（本姓はルリエ。一八八二―一九三二）。経済学者。はじめはメンシェヴィキで、十月革命前夜にボリシェヴィキに加わり、経済分野で活動。
*6――ミリューチン　ヴラジーミル・ミリューチン（一八八四―一九三七）。ボリシェヴィキの経済専門家。最初のソヴェト政府の農業人民委員。一九一八年―二一年に最高国民経済会議副議長、二九年にチャヤーノフを非難した中心人物。三七年に逮捕され、処刑。

第十章

*1――リョーフシン　ヴァシーリー・リョーフシン（一七四六―一八二六）。ロシアの作家。一

八〇八年に『料理人の暦』全六冊を出している。

＊2――チャストゥーシカ　四行の短い歌詞の俗謡。

＊3――イヴァン・ヴァシリエヴィチ　イヴァン三世（一四四〇―一五〇五）とイヴァン四世、雷帝（一五三〇―八四）はともにイヴァン・ヴァシリエヴィチといった。

＊4――ヴェネツィアーノフ　アレクセイ・ヴェネツィアーノフ（一七八〇―一八四七）。画家。モスクワのギリシャ人商人の子で、農民の娘をよく描いた。

＊5――コンチャロフスキー　ピョートル・コンチャロフスキー（一八七六―一九五六）。ロシアの画家。革命前パリで学ぶ。モダニズムの影響が強かったが、革命後画風はリアリズムに変化した。

＊6――オストロウーホフ　イリヤ・オストロウーホフ（一八五八―一九二九）。ロシアの画家。そのロシア美術のコレクションは一九一八年国有化され、死後トレチャコフ美術館に収められた。

＊7――ルミャンツェフ博物館　ロシアの政治家ニコライ・ルミャンツェフ（一七五四―一八二六）のコレクションが死後国家に収められ、それをもとにした博物館がモスクワに一八六一年開館した。博物館であり、図書館、美術館でもあった。一九二一年に分割され、二五年より図書館部分が現在のレーニン図書館となった。

＊8――パーヴェル・ムラートフ（一八八一―一九五〇）　ロシアの批評家。博物館で働き美術評

論をよく書いた。一九二二年亡命。
＊9――ローコトフ　フョードル・ローコトフ（一七三二～三六―一八〇八）。画家。農奴の子に生まれ、肖像画をよく描いた。
＊10――ブール　フランスの家具製作者の一家。十七世紀にルーヴルやヴェルサイユ宮殿の家具をつくった。その作品はロシアにも少し入っている。
＊11――狼のパスポート　危険人物の身分証明書の意。

第十一章

＊1――ヴァシーリー・ゴリーツィン（一六四三―一七一四）　ソフィヤ女帝を助けて、外交面で活躍した公爵。ピョートルの即位とともに失脚、流刑された。西欧派で、高い教養の持ち主として知られる。
＊2――人智学 Anthroposophie　ルドルフ・シュタイナー（一八六一―一九二五）が提唱した宗教神秘哲学。イギリス的な神智学に対し、ドイツ的オカルト主義を対置しようとした。プラトンの理想国家論をとり入れた社会理論をもっていた。第一次大戦前夜に生まれ、戦時中とくに強力となった。入会審査のむずかしい強固な団体を組織し、信奉者に中央委員会への無条件服従を強制した。ドルナッハに本部聖堂がつくられた。この思想運動はロシアにも入り、モスクワに人智学協会が生まれ、地方にサークルができた。

＊3――エヴドキーモフ　ピョートル・エヴドキーモフ（一八八六―?）。ロシアの農業協同組合論の草分け的存在。著書に『ロシアにおける農産物の協同組合的販売』（ハリコフ、一九一一年）、『小農業にとっての農業組合の意義』（オデッサ、一九一四年、モスクワ、一九一八年）などがある。一九一八年二月の第一回全ロシア協同組合大会に参加している。一九二二年八月逮捕。

＊4――スクリャービン　アレクサンドル・スクリャービン（一八七二／二―一九一五）。ロシアのピアニストで作曲家。『プロメテウス』（火の詩曲）は一九一〇年にオーケストラとピアノと合唱のための作品として書かれた。

第十二章

＊1――アレクサンドル・スマーギン（一八四三―?）　ペルミ県の農民で、有名な鐘つきであり、鐘についての研究家。

＊2――プログラム　ロストフの鐘は、イオナがその地の府主教であった一六五二―九一年の間に鋳造された。ポリエレイは一六八二年にフィリピ・アンドレーエフが鋳造した重さ十六トン以上の大鐘の名である。ゲオルギー・ダシコーフは一七一八―三一年にロストフの大主教をつとめ、ヨアキムがその後任として四一年まで大主教をつとめた。彼らの名を冠した、その後の鐘も加えたロストフの名鐘がモスクワに移されているとチャヤーノフは想定して

いるのである。

＊3――ニコル大十字架教会　クレムリンの近くのキタイ・ゴロドに商人たちが建てた教会。モスクワの美しい教会の一つであった。現在は保存されていない。

第十三章

＊1――アレクセイ・ミハイロヴィチ（一六二九―七六）　ツァーリ、一六四五年即位。

第十四章

＊1――原著では、「第一部の終章」。この点については解説を参照。

付録1　新聞『ゾージイ』ЗОДИИс[*1]　一九八四年九月五日号

（金曜日）23時　　第234号（b）

編集部
ディミトロフカ，26番
電話　17-37, 5-29-93
電信番号　L 175
不採用の原稿は返却いたしません
執務時間　4－6時

営業本部
モスクワ郡クルイラーツコエ村
電話　3-04-23, 47-6
電信番号　E 176
年間購読料　金10グラム
月間購読料　金1グラム
各号単価　金0.4グラム
広告料　1行当り金0.2グラム

本号目次
中央執行委員会で未曾有の不祥事
飢餓線上のドイツ
アルセーニー・ブラーギン氏逝去
第57回オリンピック大会でわが国選手続々優勝
中国人、大気から石油を製造

徴兵局公示
一九六四年生まれの男女は、十月一日に地区支所に出頭のこと。

果樹栽培者組合から入荷のお知らせ
「ガラスの畑」産ブドウ
トラペズンド産バナナ

ソリヴィチェゴード文化協会より
同地区に居住し活動することを希望する画家・音楽家を求めています。条件の問い合わせは同協会執行部まで。

ストラディヴァリウス、売ります。連絡先・ルビャンカ7番、31号室。

アルセーニー・ニコラエヴィチ・ブラーギン氏
昨日午後二時、安らかに永眠しました。葬儀は、明日正午よりロシア科学パンテオンにて。

「人食い鬼」出版所の新刊
『大革命回想録』執筆者写真入　金10g
『ネクタイ結びの芸術』カラー挿絵入　金5g
『ロシア人旅行者の手紙』全4巻　カラムジーン＊3著・ラドーノフ絵　金15g
『ローコトフからラドーノフまで』ペ・ミーニナ＊4著　金3g

モスクワ　　1984年9月5日

ゾージイ

ЗОДИЙ

〈夕刊第2版〉　合同モスクワ農民団体連盟機関紙[*2]

最新の外電

【ドレスデン　九月四日】
穀物バランスをめぐる全ドイツ・ソヴェト中央執行委員会の討論はますます激しくなっている。農業人民委員の報告によれば、ドイツのソホーズが耕地の五五％に大豆の蒔きつけをおこなうことにしたにもかかわらず、中央ヨーロッパの住民は、人口増をストップさせるか、さもなければ自国の食糧バランスを補なうためにあらたな農業基地をもとめなければならない状態にある。全ドイツ中央執行委員会の会議は断続的に休会しながらつづいてきたが、消息通によれば、このほど特別な最高委員会を選出して閉会された模様である。この委員会には、ドイツ国民の食糧危機の国際的解決に関して、英仏およびロシアの閉鎖体制と交渉する例外的な全権が委任されたらしい。ハーゲマンと若い農業学者たちから、農民的農業体制へ移行しようという提案がなされたが、全ドイツ中央執行委員会は、これを審議に付することなく却下した。

＊

【コンスタンチノープル　九月五日】
第57回オリンピック大会午前の競技の結果、つぎの二選手が優勝。
走高跳び――シードロフ(34)、円盤投げ――ラウチエイ(28)。
テニスの準決勝は、ケンブリッジのイタラでおこなわれ、街頭戦はパリ、ボクシングはシドニー、ササフエロータはボルソフ・オヨーマでおこなわれた。

＊

一九八四年九月五日23時

われわれは間違わなかった……。残念ながら間違わなかった。昨日のアルヒープ・タラーチン氏の発言はその苦い成果をもたらした。そうである他はなかった。もしわれらの祖父たちが今日、中央執行委員会が開かれた列柱ホールに来あわせていたら、過去の都市文化時代特有の社会的情熱の荒海というなじみ深い光景を目にしたことだろう。

タラーチン氏の一派は大満足かもしれない。スパルタ的な国家的方法で実施されたスパルタ教育制度は、ペルシャの戦争期の風習を発現させたのである。幸いなことに、「ヘロット」が反乱をおこした。

偉大なアルヒープとその支持者たちの全プログラムは極度に単純である。

私、アルヒープは、「スタジオン」と「競技場」が大好きである。エシプレクスカヤ郷とその近隣諸郷に住む蔑視されたヘロットたちは、なぜかグリゴーリー・ボゴスロフとペチョルスカヤ修道院聖僧伝を好んでいる。だが、われわれアルヒープの仲間はキネシマ・ソヴェトで多数派をしめているのだ。「神に発せぬ権力はなし」ということなのだから、異教徒たちよ、目をひらき、降参せよ。そうすれば、郷ごとにスタジオンを作ってやろう。

キネシマ*5のペリクレスには、自分のアッティカ的思想をヘロットの間に宣伝するのに金が足りない。それなら、特別地方税で頭のにぶい「ヘロットたち」に一デシャチーナ当り金5グラムを納めさせ、タラーチンのスタジオンで競走させればよいのだ。

要するに、フリードリッヒ大王、エカチェリーナ女帝万歳！　国家集産主義の悲しむべき記憶万歳！　啓蒙的絶対主義の原理万歳！　と叫ぼう。なぜなら、農民ソヴェト共和国の枠には、だらしのない性格は収まらないからである。

だが、なによりも驚くのはつぎのことである。キネシマの後見制から国家的スキャンダルがおこったとき、最高多数派の上部権力が同志タラーチンにむかって、自分たち国家権力は、たとえ地元の多数派に依拠するものであっても、創造する

モスクワ　　1984年9月5日

当局の自由だけを守るのでなく、その地域では「ヘロット」で、微々たる少数派にとどまる者でも、一人一人の市民の自由をも守るのだと説明すると、アルヒープ派は心底驚いたのである。

だが討論の結果、つぎのことがあきらかになった。わが農民文化の基礎――市民の不可譲の個人的権利にかんする一九二八年の偉大な法令は、キネシマのペリクレスにとっては、中央執行委員会博物館の第37号aに展示されている興味をそそる古文書以外の何ものでもないのである。もっとも馬鹿げていたのは、昨日今日と、立法府の二日間の作業が政治的イロハの初歩的授業に費やされてしまったことである。アルヒープ派が国家的業務につくにあたって、『農民文化の原理』を注意深く読んでいてくれたなら、こんなひどいことにならなかったろう。

権力の自由か、権力からの自由か

アレクセイ・ミーニン

アルヒープ・タラーチンの郷スタジオン構想にからまるキネシマの悲劇的喜劇は、わが国の新聞の紙面で、かぎりなく古いが、永遠に新しい問題、人民の営みに対する精神的権力の影響という問題を改めて想起させている。

十七世紀のジェスイット、十八世紀と十九世紀のフリーメーソン、二十世紀の人智学派の話は、ひとにぎりの少数の人間が膨大な人民大衆を精神的奴隷制におとしいれるのに使う社会的働きかけの方法があることをわれわれに示している。そこでは、これらの団体は、人民大衆にたたきこむ思想や意志的衝動を自分たちでは分かちもたない場合がしばしばで、ただ別の思想的使命の達成のための手段として利用するだけなのである。

だがひとたびそのような危険が存在するとすれば、否応なしにつぎのような問いが生まれる。国家権力は人民の精神生活を尊重し、自らがもつ力で、人間に対する巧妙なわなの思想的網を切りさき、自らの人民の精神的自由が侵害されぬよう守らなければならないのではないか、ということである。

過去数世紀の間、この問

いには肯定的な答えが出されてきた。ジェスイットの追放、フリーメーソンに対する司法的追及、宗教的検閲と政治的検閲、反社会主義者法、そしてその他数多くの思想圧迫がさかんにおこなわれてきた。いつも効果をあげたとはいいがたいが。

しかし、こういうやり方はどれもこれもわが農民制度の条件下ではとても可能とはいえない。

わが国の日常生活と文化の基礎は、国家的強制の力によるのではなく、社会的方法による、というわが国固有の社会・経済的課題の解決形態である。市民の不可譲の個人的権利にかんする一九二八年の大法令によって、国家は人間個人の従順な道具と化し、国家主権の物神崇拝はうちこわされた。したがって、国家権力のハンマーがふりあげられるのは、個人的自由の発揮によって何人かの不可譲の個人的権利が侵害されるときのみ、たとえば父権によって、必要な教育をうける子どもの権利が侵害されるときのみである。

国公私立の別なく、わが国のすべての学校が守らなければならない教育ミニマムにかんする法律は、この考えに基づいている。

しかし、ひとたび諸君の自由の発現が誰の不可譲権をも侵害することがないのなら、いかなる権力もこの自由を制限することはできない。このことから、われわれの仕事と日常生活のすべての発展に社会的形態をとらせることが不可避となるのである。つまり、ある思想の宣伝が誰の自由も侵害せず、存在する社会制度への直接的脅威を含まないかぎりは、それと闘うのに国家権力を利用することはできないのである。

アルヒープ・タラーチンはまたもや声をはりあげるかもしれない。

「十七世紀の教団を復活しようとする旧儀派の布教のあしき影響をどうしてくいとめたらいいのか」

すこぶる簡単だ、とわれわれは答えられる。社会的闘争の方法を用いるのだ。一人一人の教父には大ヘラス思想の宣伝家をさしむけて、決してアケイアのヘルメットをかぶった巡査をさしむけてはならない。

国家集産主義の時代の悲しむべき記憶がはっきりと

モスクワ　　1984年9月5日

示しているところでは、いまは地球を自らの双の肩でだけ支えうるアトラスはいないということであり、精神的独占は精神生活の焼失以外の何ものももたらしはしないということだ。

　想起してもらいたい。精神生活においては、精神的弱者のみが外的働きかけの方法で自らの思想を精神的に防衛することを必要とするということだ。もしもわれわれにかくも身近な大アッティカ文化の原理がコストロマーの森のなかのフェドセーエフ派*6の教父たちに対抗しえないのであれば、一文の値打ちもないものなのだ。アルヒープ・ニコラエヴィチよ。

　となれば、それはアッティカ文化そのものではなく、そのコストロマー版ということになるのだ。

　タラーチン氏は、われわれが、"Laissez faire, laissez passer!"（自由放任）の原理を説いているという。間違いだ。この原理は、資本主義期――つまりわれわれにはほとんど有史以前といえる時期のものだ。

　われわれは、われわれの理想にしたがって世界を改造する道にしっかりと立ちつつ、つぎのように考えるばかりだ。十分な経験に基づいてこう考えるのだ。われわれの課題は自発的な社会的建設の方法を用いることによってはるかに容易にはるかにしっかりと解決できるのだ、と。

　農民ロシアの制度に存在しなければならないのは、権力の自由の発現ではなく権力からの自由である。

✣

偉大な社会学者アルセーニー・ブラーギンの死を悼む

ア・ヴェリカーノフ

偉大な生命が消えた。自ら創始した学問の教父が逝った。

　三十年前ロシアの読者たちが『社会過程の速度とその計量方法』なるタイトルの分厚い書物を手にしたとき、アルセーニー・ニコラエヴィチの名はすでに広く知られていた。しかし、それは、中央執行委員会での農民グループの熱烈なる弁士としてであり、あらゆる種類の政治的キャンペーンをみごとに成功させる、たくみな指導者としてであった。

　社会過程の指導における豊かな個人的経験、分散的な農民たちから政治力を創出するすばらしいキャンペーンの実績によって、ブラーギンはすばらしい政治的キャリアを約束されていた。しかし、学者の書斎の方がこの人物の心には近かったのである。

　社会工学から社会理論に進んだブラーギンが好んでくりかえしたのはつぎのような考えである。科学的な社会学を創出する道は、第一に、社会的実践の部分的問題の研究によって科学的実験を蓄積することであり、第二に、社会現象の数量的表現形態を発見することである。

　『社会過程の速度』は後者の問題を解決した。やがてこれにつづけて、『評判の創出・維持・破壊にかんする理論』と多巻本の『政治的・社会的影響の理論』が前者の問題の解決に道を示した。

　青年時代のノートの一つに生涯のプログラムとして記したもののすべてを果して、アルセーニー・ニコラエヴィチは「活動的である」ことをやめ、生涯最後の十二年間を世界観照のうちに過した。昨日彼は、芯まで燃えつくした蠟燭が消えるように、逝った。明日、故人の友人と弟子たちは遺骸をロシア科学パンテオンにおくる。

雑誌新聞出版概評

　昨日の中央執行委員会でのタラーチンの振舞いに対する憤激の声がいっせいに高まっているなかで、『人民の意志』紙は書いている。「キネシマ問題は中央執行委員会の判断すべきことではないというタラーチンの言明はまったくのたわごとであるが、彼の演説には連邦制度についての未解決の大問題が触れられていた」

　多くの人びとにとって、2×2は未解決の問題なのである。

　逆にイヴァノヴォ＝ヴォズネセンスクの『プラウダ』にとってはすべてが明らかである。

「タラーチンの声は、人み

な俗物というわれらの時代における本物の国家的人物の声だとひびいた」

よくぞ言ったといおうかおめでたいと言おうか。

＊

『プルーク（鋤）』紙は、「四〇年間国際関係なしですんできた人類」に「紛争をもたらす恐れのある」ドイツの事件のなりゆきを心配している。

＊

「人食い鬼」出版社は『大革命回想録』という三巻本を出版した。この資料の大部分は読者にはすでに周知のものだが、新しいこともいくつかある。たとえば、周知のモスクワの国家会議*[7]は、ボリショイ劇場でオペラ「スペードの女王」の、あの賭博場で「今日はおまえだが明日は私だ」と歌われる幕の装置を背にしておこなわれたということが書かれている。

いくつかの日記が引用されている。そのうちの一つには、一九一九年の一人の家長の困惑と驚きが記されている。彼の娘は第一カテゴリーで、砂糖一フントを六ルーブリ五〇コペイカで買えるのに、彼の妻は第三カテゴリーで、四分の一フントを一三ルーブリ二五コペイカで買わねばならない等々といった具合である。ぜひ読むようにおすすめする。そう昔のことでもないのだが、信じがたい思いがする。

メテオロフォール予告

第38地区

正午まで　快晴

正午—午後二時　穀物束の乾燥のため気温引き上げ

午後二—八時　快晴

午後八—九時　曇

午後九—午前三時　全域降雨

国家中央機関の動き

本日の中央執行委員会。

昼間の会議は午後二時に開会された。議長をつとめたのはシシパートル・ルボーフである。

人民委員会議議長は、コストロマーの代議員の質問にこたえて、実際に、キネシマ・ソヴェトにおいて古代ギリシャの中学校に範をとった地方的教育制度が採用され、その資金捻出のため特殊な地方土地税が導入されたことを明らかにした。

ところが、ヴォルガ左岸の諸郷はこの税を納めるのを拒否しており、中学校とスタジオンが建設されたとき、地元の公立学校にのこる生徒がまったくいないために開校できなかったのである。しかし、キネシマ・ソヴェトは中学校の建設をつづけ、上記諸郷の道路整備のために積算された資金を流用すると決定した。ヴォルガ左岸の諸郷は分離して別個の郡をつくることを陳情したが、これは昨日の会議で原則的に受理された（拍手。キネシマの代表席には動きあり、「恥を知れ！」という叫びがあがる）。

ア・タラーチンは人民委員会議の決定に抗議した。この決定は連邦原理に背くものであり、キネシマの共同体は自分に従っている（騒然。「恥を知れ！　恥を」という叫びがあがる。議長はベルを鳴らす）。いかなる人間社会も内的規律と多数派の決定権なしには存立しえない。このゆえに、キネシマの共同体は起ったことは自分たちの内部問題と考え、第三者の介入を許すわけにはいかない（騒然。ベル鳴らす）。

オ・ブルガーコフは社会的規律の名において、キネシマの多数派は全共和国の多数派に従うべきだと指摘した。

イヴァン・シロートキンは、自分たちキネシマ住民は単一のロシア共和国の一部ではなく、複数のロシア自立共和国の連邦の一員であり、自らの国家的独立を擁護するのに武力的抵抗も辞さないと表明した（騒然、怒声、代議員たちは自分の席から立ちあがった）。タラーチンは、シロートキンの言葉は個人的意見だといって、その同僚の言葉が正しくないことを説明しようとした。しかし、怒声はさらに高まり、議長は午後九時までの休憩を宣した。

内外ニュース

【ヴォログダ　九月五日発】二ヵ月間の交渉の末、農業人民委員部の協力で、来る一九八五年度のバター等の価格水準に関するバター製造農民連合組合と州消費組合連合ビューローの協定が結ばれた。総括的協約を結ぶための障害がなくなり、バター供給の危機は去ったものと考えられよう。

モスクワ　　1984年9月5日

【ウルガ*8　九月五日発】パンチ・キ大学のチ・フォンタム教授は、窒素に放射線をあて、ベンゾール炭化水素を六〇%採る安価な工業的な方法を発見した。アジア州合同ソヴェトはチ教授の報告書を検討し、同教授に「ミ・タ・タ・フヤ」の称号を与えると決定した。この称号は「燃料危機の克服者」という意味である。

芸術と科学

オリンピア聖像画家協会は、ピーテル・ブリューゲルを記念して会員の作品展を催す。出品条件は、絵の色調がピーテル・ブリューゲルの使用した色の範囲であること、絵のフォルムも彼のフォルムによることである。

選考はつぎの日曜日にルミャンツェフ博物館の展覧会場でおこなわれる。

＊

農民合唱協会連合は、来年の五月一日に、三二の大ロシア諸県の合同合唱隊、総勢四万人の参加によってモジャーロフの「大地は生きた畑を生む」を演奏することを予定している。連合の郷支部に楽譜が送られている。

＊

ビルブラントの歴史研究によって、二〇年代の有名な政治パンフレット『農民のためのカーシャ（粥）か、カーシャのための農民か』の筆者はペ・オガノフスキー*9であることが最終的に確定された。

各地より

リャザン地方の社会フォンド（基金）の報告が出版された。この地方の社会フォンドは金一二〇トンに達した。

＊

噂によれば、間接税と価格委員会では、一部の委員から大豆栽培に対する奨励金を設けることが提案された。財源は、価格のつりあげで北部の非難をよんでいるひまわり油に対する間接税収入に求められている。

＊

西部飛行場からの大西洋横断夜間飛行便の出発時間は、十月一日より午後八時に変更される。

＊

大革命期にひろまったい

わゆるチフスに似た症状の珍しい患者が、スモレンスク県よりモスクワの診療所に運ばれてきた。過去五〇年間この症例はどこにも見られなかった。

新刊書

■匿名氏『自動車第二七三四号物語――長編歴史小説』モスクワ、一九八四年、七十一三二〇ページ、定価金五グラム。

　これは本年の文学界の収穫のうちでもっとも魅力的な作品である。

　たしかに、その歴史性はそういうこともありうるという以上のものではないが、これは多くのすばらしいアフォリズムに比べうるものである。物語は、シストレイ社の自動車がドイツのUボートの脅威のなかを大西洋を船で運ばれてきて、一九一六年のペトログラードの雪におおわれた帝室の車庫に収まることからはじまる。この自動車はまず御披露目で、愁い顔の皇后アリス*[10]をそのスプリング上に乗せてゆらし、数ヵ月後には血まみれのラスプーチンの死体を乗せてマーラマ・ネフカへ突っ走った。一九一七年二月二十六日には、リチェイヌイ大通りの角で反乱をおこしたヴォルイニ連隊の兵士に徴発され、その後はチヘイゼ、チェレーシチェンコ、チェルノーフ、ツェレテリ*[11]に忠実に仕えたが、一九一七年七月三日ツェレテリから水兵たちが徴発し、流血の七月事件に参加し、その後、十月には二人の青年――その名は歴史にのこっていない――が乗ってモスクワへ行き、多年にわたり、でっぷりしたボンチ＝ブルエーヴィチ*[12]をそのスプリングのうえに乗せてゆらしたのである。読者の眼前にはこの自動車の束の間の持ち主、偶然の乗り手と運転手がつぎつぎと多彩な姿で現われてくる。歴史的人物や無名の宮廷人、エスエルのアジテーター、女性歌手、共産党のコミサール、政治づいた教授たちなどの適確な特徴づけとあざやかな人物像が小説のページを埋めているが、その最後に老婆ペラゲーヤの生き生きとした人物像がおかれている。彼女はこの自動車のこわれた古シャシーを利用して、ベロゾーロヴォ村から鉄道駅ま

で協同組合の牛乳カンを運んでいるのである。（本の虫）

■ア・ヴェリカーノフ『十九世紀における農民世論の発達』改訂五版、モスクワ、一九八四年、七十四〇〇ページ、定価金八グラム。

著者は、敬服すべきねばり強さをもって人間精神史の新資料を研究しつづけている。著者の基本的思想は、一時代の認識のためには有名な指導的思想家の思想や考え方ではなく、ふつうの庶民の思想や考え方を研究しなければならないとするものであるが、そこから、著者は日常の手紙の束、素朴な日記ノートを取り上げるのである。ブラーギン学派は包括的な研究方法を与えており、国民生活の深奥、歴史の底土がわれわれの眼前に立ちあらわれる。第五版では五〇ページが書きされ、写真も十枚加えられている。そのうちきわめて興味深いのは、農民クズミーチェフの写真であるが、発見された彼の日記は第一次農民派人民委員会議の時代を活写している。（T）

＊

劇場案内

（六日初日のもの）

■モスクワ市ボリショイ劇場「パリのハッサン」オペラ、アナトーリー・アレクサンドロフ作曲。

■スタニスラフスキー記念芸術劇場「カマルゴと七人のオランダ人」喜劇、スコルピオランティ作。

■西ホール「ハムレット」シェイクスピア作。

その他の出し物はポスター通り。

昨日ルビャンカ広場で原稿の包みを紛失した。発見者は以下に連絡、返却されたい。

トヴェルスコーイ・ブリヴァール通り7、クレピコーフ＊13

合同モスクワ農民団体連盟発行

編集長　ペ・イ・ガルキン

＊1――「ゾージィ」Zodii 「黄道帯、獣帯（Zodiac）のしるし」という意味。天の黄道とは太陽の運行する大円であるが、その南北八度ずつをとった帯が黄道帯、あるいは獣帯で、主な惑星はみなここを通る。この獣帯を十二等分し、それぞれに命名することが古代バビロニアから行なわれていた。白羊宮、金牛宮、双児宮、巨蟹宮、獅子宮、処女宮、天秤宮、天蝎宮、人馬宮、磨羯宮、宝瓶宮、双魚宮の十二宮である。

＊2――合同モスクワ農民団体連盟 Ob'edinennyi Moskovskii Soyus Krest'ianskikh Obshchestv. 本文 OMSKO より推定。

＊3――カラムジーン ニコライ・カラムジーン（一七六六―一八二六）。ロシアの作家、歴史家。この著書は、一七八九―九〇年にヨーロッパを旅行し、フランス革命批判の態度を明らかにしたものである。

＊4――ペ・ミーニナ 本文中に出てくる女性パラスケーヴァのこと。

＊5――キネシマ郡 モスクワ県の隣の隣の県であるコストロマー県のもっとも人口の多い郡である。郡内を西から東へヴォルガ川が流れ、キネシマ市は右岸にある。

＊6――フェドセーエフ派 十七世紀末―十八世紀に旧儀派のなかに生まれた無僧派の一分派。

＊7――国家会議 一九一七年八月に開かれたこの会議にはコルニーロフ将軍も出席し、臨時政府に対するモスクワのブルジョワジーの不満が表明された。

＊8――ウルガ 外モンゴルの首都。現在のモンゴル人民共和国の首都ウラン＝バートルのこと。

＊9――オガノフスキー　ニコライ・オガノフスキー（一八七四―一九三八?）。ネオ・ナロードニキの農業経済学者。チャヤーノフとともに土地改革連盟に参加した。革命後はコルチャーク政権に入ったが、二一年以後はソヴェト政権に協力した。三〇年に逮捕され、三八年に処刑されたと考えられる。

＊10――皇后アリス　ニコライ二世の皇后アレクサンドラ・フョードロヴナのこと。正しくはアリックス。

＊11――チヘイゼ、チェレーシチェンコ、チェルノーフ、ツェレテリ　いずれも臨時政府の大臣とソヴェト主流派の幹部。

＊12――ボンチ＝ブルエーヴィチ　ヴラジーミル・ボンチ＝ブルエーヴィチ（一八七三―一九五五）。ボリシェヴィキで、十月革命後、人民委員会議総務長をつとめた。

＊13――クレピコーフ　チャヤーノフの同僚の農業経済学者に、エス・エヌ・クレピコーフという人物がいた。おそらく忘れ物をよくするその友人をからかうために、このような広告を入れたのであろう。

付録2　読者各位にわが国の協同組合主義者の理想がどういうものであり、この理想がなぜユートピア的で反動的であるかをわかってもらうための序文[*1]

ペ・オルロフスキー[*2]

本書のタイトルをみただけでも、著者がわれわれをユートピアの国、つまりどこにも存在しない国、幻想の国へ連れていこうとしているのがわかる。この類いのユートピア小説は文献上すでに少なからず知られている。こういう小説は、客観的歴史発展の結果として形成される未来の社会体制を叙述するのを課題とせずに、むしろ資本主義社会の「呪われた諸問題」がことごとく解決され、その矛盾と不公正の一切が解決された、ある理想の関係を描こうとするものである。そのようなユートピアはともかくも社会問題解決の試みではあるとみなされなければならない。だが、著者は一定の階級的イデオロギーの持ち主であり、自分なりの社会的共感、自分なりの社会的願望をもっているので、当然ながら、そのすべてのユートピアもこの願望の色に染めあげられている。だからといって、著者は自らのユートピアを時間と空間をはなれて構築するわけではない。著者はまさに現代ロシアから出発し、その階級分化を考慮しつつ、一九一七年革命によってはじまった発展を歴史的に継続しているのだ。しかし、中農、いわゆる勤労農民のイデオローグである著者は、自らの期待をすべてこの階級にかけ、革命後の過程においてそれに決定的役割を演じさせ、ロシア社会の発展を自らの階級的欲求と願望の源に向けさせるのである。『農民ユートピア国旅行記』に描かれた歴史的時点は、すべてを自らの欲求に合わせて再組織し、自らの社会的理想を実現し、自らの「社会主義」を達成した、確立した農民権力の時点である。

農民民主主義がよって立つ体制とはどんなものか。社会経済面では、それは小個人生産者農民の完全なる支配である。この農民は一戸あたり三―四デシャチーナの狭い分与地に腰をすえているが、労働の高い強度のために、土の生産性を一デシャチーナ当り五〇〇プード以上にまで高めている。これはまさに、かつてデムチンスキーたち[*3]が農民を農民のままにしておき、農民に土地を固定し、農民の土地剝奪やプロレタリア化の革命的影響に抵抗するのに役立つとした、あの「移植栽培方式」である。この集約耕作のおかげで、中国農民は数世紀にわたり、土地と労働を支配し、それを人間に従属させ自らの発達の道具にするどころか、土地と労働の奴隷にとどまっていたのである。実のところ、一デシャチーナ当りにえられる五〇〇プードとは何を意味するかをみてみよう。そのような収穫は何によって達成されるのか。

何よりもまず、当然ながら、はなはだしい労働強度の引き上げによってである。この点では、われわれはクレムニョフ氏に挑戦しようとは思わない。大衆の物質的・精神的水準を向上させることを望む社会は、みな労働強度の引き上げからはじめなければならないのだ。しかし、小経営のもとで、すなわち実質的には、手作業によって、それほどの土の生産性を達成するのには、労働強度を上げるだけで十分なのだろうか。しかも、一デシャチーナ当り五〇〇プードにまで収穫率を上げるだけでなく、それ以上にも引き上げるのだとしたらどうだろう。人口増はとどまることはなく、土地の広さは一定のままなのだ。答が「ノー」であるのは、明らかである。必要労働量を達成するためには、また労働時間を延長することが必要である。ところが、非集約的労働は長時間にわたりえない。食事、生活、そして労働自体の最良の条件をととのえても、人間が作業に発揮できるエネルギー量は、生理的に限定されている。この限界をこえて進むには、人の労働を機械におきかえるか、労働時間をやみくもに延長するかのどちらかだが、後者は人間の肉体を破壊する。クレムニョフのユートピア国の農業体制は、小経営主のそのような自己収奪のうえにのみ維持されるのである。これは土地による人間の完全な隷属化であり、西欧の小農民所有者において見いだされるのと同じ隷属化である。

「いったい何のためにこんな大量の人力を野良で使っているのですか？　あなたの国の技術は、いとも簡単に天候も制御できるというのに、農業労働を機械化し、より熟練度の高い仕事に労働力を解放することはできないのですか？」とアレクセイ・クレムニョフは問う。

「それはアメリカ人の発想ですよ！――とミーニンは大声でいう――そうじゃないんです。ミスター・チャーリー。収穫逓減の法則には逆らえるものではありませんからね。わが国の収量は一デシャチーナ当り五〇〇プード以上ですが、この収穫のほとんどは、一穂一穂手塩にかけて世話するやり方で得られているものです」

ここでは、「収穫逓減の法則」が正しいものなのか、そもそもそんな法則が存在するのかといったことは問題にしない。ただこれだけはいっておこう。この現象が自然条件に左右されるものであるとすれば、これは大経営にも小経営にも同じように影響を及ぼすのである。しかし、それが経済性を無視した掠奪的な土地の利用の結果であるとすれば、市場めあてでなく、市場価格の圧力をうけることなく生産しているきちんとした経営なら、規模の大小とは関係なく、一様に影響を免れるのである。だから、この「法則」を引き合いに出すのはずるいのである。しかし、ミーニンとその仲間にはどうしてもそうする必要があった。小所有者農民のイデオローグはなにがなんでも個人農民経営を維持しようとする。彼らは、いまある形態のままでは、それに基づいていかなる「未来社会」も建設できないことをよく承知している。なぜなら、高度の精神文化をもつ、そのような社会を建設するのには、大量の剰余労働を社会的企業や機関にふり向けることが必要になるからである。現在の農民労働は限界以上に働くか、腹いっぱい食べるのをひかえる場合にのみ余剰を生むが、そのどちらの道も「ユートピア」国ではとれない。活路はどこにあるのか。活路は手近かにある。機械労働と集団経営を導入し、人間を消耗させ、奴隷化することによってではなく、技術的改善によって一大増産をなしとげることである。そうすれば、人間労働は技術的必然性によってより強度を増すが、量的には縮小されうるのであり、人間は労働の苦役から解放され、ついには文化的成果を享受できるようになるのである（なぜなら文化が万人に、一人一人にとって手のとどかぬものであれば、いったい何のためにあるのかということになるからだ）。そうするしかないように思えるのだが……。

だが、そうすれば、自立した小個人勤労農民は滅びてしまう。ところで、まさに彼らの維持こそ現代のミーニンたちの主たる課題である。そこで、ミーニンたちは、真に「ユートピア的」方法で行動しなければならなくなるのだ。移植で収穫を十倍にすることが必要だと？　そんなことは物の数ではない。「自由な」農民の集約的労働は、ユートピア国では従来の一デシャチーナ当り四〇プードに代わって五〇〇プードの収穫をあげられるのだと考えよう。人口はさらに二倍になる。そうなれば、収穫は一〇〇〇プードにもそれ以上にも高めればいいのだ。単純明快で結構だが、理屈に合わないのが問題である。

先へ進もう。農民は労働者階級を打ち負かした。しかし、工業は廃絶しなかった。私的工業の廃絶すらやらなかった。なるほど、明らかに工業は大部分が協同組合の手ににぎられているのだが、「集団的管理が無力である」企業、「高い技術をもっていて、組織者の能力がわが国の苛酷な課税のうわ手をいっている」企業は、資本主義的性格を保っているのである。この留保を深く考えてみれば、まさにもっとも巨大で、技術的に高度な工業は相変わらず資本主義的であることがわかるであろう。なぜなら、まさにこの工業において、「組織者の能力」はつねに奇蹟をおこなうのであり、この工業のみが、競争が存在するもとでは、苛酷な課税にもうちかてるし、ミーニンの言葉によれば、プロレタリアート独裁時代よりも有効に働いている労働保護法のすべてにうちかてるのである。それと同時に、資本主義的工業は、「協同組合主義者の同志たち」にとって、競争によって協同組合の鮒にぼやぼやしているひまを与えない湖の川かますとならなければならないのである。こういうことのすべてから、われわれは「農民的ユートピア」国のもっとも刺激的な特徴が商品経済と貨幣流通の存続であることを知るにいたる（売られる品物の値段が金グラムで示されている新聞を見よ）。これはきわめて特徴的であり、正しい。個人農経営の国には、当然ながら商品経済も残るはずだし、貨幣も残るはずだ。自由商業もあれば、必然的に労働の搾取、財産の不平等もあるのだ（この点はミーニンもみとめている）。そして資本主義がある。ロシアで廃絶されたばかりの経済体制の魅力のすべてがあるのである。公式的には、これらすべては、イニシャチヴの自由と労働生産性の向上のために、いうまでもなく支配階級である農民の幸わせのために存続させられているというのだが、それは上べだけのことである。

ユートピアのなかでは、支配階級としての農民はすこぶるリアリスティックに描かれている。もとより彼らは工業なしには存在できないが、それと同時に、工業製品ができるだけ安くなってほしいのである。彼らのこの膨大な欲求をまかなうには、多数の工場プロレタリアートが必要である。しかし、この階級は革命でうちやぶられている。それでこの課題は労働者を（私的・協同組合的）資本家の手に引きわたし、同時に彼らを労働保護法で守ることによって解決される。彼らを農民団体のために奴隷のように働かせるのだが、奴隷が反乱をおこし、あらためて権力を奪取しようとすることがないように、彼らを極度の搾取からは保護するのである。分別のある経営上手なムジーク〔百姓〕は、自然則によって、このように振舞わなければならないはずである。

しかし、まさにこういう農民がかのユートピアの国には出てこない。統治者は協同組合主義者の職業的インテリゲンツィヤなのである。そして、この事実は、カール・マルクスが『ルイ・ボナパルトのブリュメール十八日』のなかでフランスの小農民について述べたあの言葉をみごとに裏付けるものである。「彼らは議会や国民公会を通じて自分の階級的利益を自分の名において主張する能力をもたない。彼らは自分たちを代表することができず、誰かに代表してもらわなければならない。彼らの代表者は同時に彼らの主人とならねばならず、彼らのまえに権威としてあらわれなければならない。つまり彼らを他の階級から保護し、上の方から彼らに雨と日和をおくる無制限統治権力としてあらわれなければならない」

この言葉はクレムニョフのユートピアのなかに驚くほど正確に具現されている。農民国家を専制的に統治するのは、ひとにぎりのインテリ＝協同組合主義者で、彼らがすべてを農民に代わって決定している。ミーニンがいう言葉をきき給え。

「われわれの課題は、個人と社会の問題を解決することでした。必要だったのは、個人はなんらの束縛を感ずることがなく、しかも社会が個人には見えない方法で社会的利益を守っているような人間社会を建設することでした」

社会発展の法則をつかみ、それを認識した者として、もっとも苦しみの少ない道をとって社会を未来に導くために努力するというのではない。そうではなくて、さながら神官のごとく、自らのインテリ的な神聖不可侵なるもののなかに鎮座ましまして、純粋理性から、あらかじめ考えだされた処方箋にしたがって「人間社会を建設する」のである。これは「権威」ではないのか？　代表してやっている階級にかわって考え、かつ決定する「無制限権力」ではないのか？　そしてこの権力は自らの教え子を他の階級から「擁護する」。不安定要因である労働者を無害にし、「苛酷な課税」で資本家たちを包囲した。この権力は世界経済における「ロシア一国体制」をつくりだし、それによって技術的により高度な国との競争からロシアの穀物を保護し、ロシア農民にこの体制の領域内では小農経営における生産費に合わせて穀物価格を調節する可能性を与えたのである（生産物の価値はそれに投下された社会的必要労働の量によって決まるので、労働量を二倍にした〔労働強度を倍にする〕ために一デシャチーナ当りの穀物収量が二倍になったとしても、穀物一単位の価値は変らない。他方労働の生産性の引き上げ〔機械の導入など〕による収穫の倍増もまた、強度が同じなら、穀物の価値を二分の一に引き下げてしまう。小農民生産の国では、穀物は当然ながら広範に機械化生産をとるアメリカよりも高値をつけるのだが、だからこそ一切の「ユートピア」は「ロシア一国体制」を人為的に分離することによってのみ支えられるのである。この垣根をとり払えば、全体制は瓦解する）。

最後に——ここまでくると滑稽なくらいだが——この権力は農民に「雨と日和」を送るのである。土がしめりを必要とするとたちまち巨大な磁力ステーションを作動させて、お望みどおりの正確さで、必要とされる雨量をふらす。これはまさにマルクスの予言そのものだ。こういう権力のもとでは、農民は何も考えることはない。何も心配することはない。働いて、余暇にはモスクワの鐘のコンサートを聴きにいけばいいのだ。

この著者が描く制度は、小農民の階級的欲求を充足させようとして、全世界から切りはなされた閉鎖的経済体制のなかに孤立経済をつくりだすことによってのみ目的達成をめざすインテリゲンツィヤ寡頭制の支配である。これは、われわれがよく知っている大協同組合連合体の組織を社会的理想に高め、あらゆる社会主義的ユートピアにはつきものの、あの文化的・イデオロギー的道具立てのすべてで飾りたてたものである。この制度は言葉の日常的な意味において「ユートピア」的である。つまりあらゆる現実的＝歴史的基盤を欠いている。なぜなら、すべてがどうしようもない矛盾のうえに建てられているからである。個人経営を残して、しかも工業には資本主義的生産も残して、なんらかの社会的平等と社会的正義を保ちうると考えること。大規模で、政府の助成でますます進む技術開発と並んで、しかも資本主義経済のもとで、自分のパイ、すなわち労働立法だけでしあわせだというおとなしい労働者階級が存在しうると考えること。世界帝国主義と労働者インターナショナルによって準備された土壌のうえに、万里の長城と雨のカーテンによって守られた、特別閉鎖的な「ロシア一国体制」をつくりだすことができ、しかも、この体制には一般的経済、社会法則が通用しないと考えること。こういうことを考えるとは、現代社会の発展法則を理解しえず、資本主義にも社会主義にも何ものも学ばないことを意味している。

人類は、原始社会から「ユートピア国」へ、つまり最高の社会主義社会へと、生存のための解放をめざし、支配を求めて、ねばり強い仮借なき階級闘争を通じて進むのである。

この闘争は、技術の獲得によって、つまり労働の節約、生産力の総体に占める労働の比重の減少と道具の比重の増大によって、一歩一歩前進する。その一歩一歩が同一方向にむかうさらなる闘争の出発点である。それ以外ではありえない。人間の解放、人間個人の解放、役畜の水準から理論的・文化的・意識的な存在への人間の向上は、人間が労働の呪咀から、つまり過重な消耗的な肉体労働に自らを捧げつくす必要性から解放されることと足並みをそろえた場合にのみ進むのである。労働そのもののための弁明は、ブルジョワ・イデオローグによって生みだされた。しかし、彼らは労働を美徳に高め、他人の労働、プロレタリアートの労働を美化している。共産主義が説く労働は、勤労者の意識的で、理性的な意志に立脚している。つまり資本主義社会の奴隷化労働からの勤労者の解放を前提にするものである。こうして労働の短縮、労働の緩和、人間労働から機械作業への転換、一般的にいうと、人間を生産の奴隷から生産の主人公に転化させること——ここに社会主義の基本的で必然的で、なしにはすまされない前提があるのである。

農民ユートピアでは、この条件は少なくとも実際には守られていない。そこでとられている農民経営の形態は、高度に緊張した労働を必要とするばかりか、消耗的な長時間労働をも必要とする。つまり、労働時間がストライキと労働組合によって調節されている農業の資本主義的形態からもはるかに後戻りさせられるのだ。だから、このユートピアは反動的なのである。新しい道と新しい形態を求めて人間の思想を前進させるかわりに、このユートピアは古いもの、とうの昔に生命のつきたものをファンタスティックな色で塗りたて、魅力的で幸わせな未来として、理想に仕立てるのである。そしてこの社会経済的形態全体の反動性は、そのイデオロギーの反動性のなかにはっきりと現われている。実際、ミーニンは「農民的ユートピア」には何も新しいものはないと公然と明言しているのである。

「本質的には、われわれにはどんな新しい原理も必要ではなかったのです。われわれの課題は、古い、何世紀にもわたって存在してきた原理、つまり、大昔から何世紀も何世紀も農民経営の基礎となってきた原理を確認することだったのです」

だが、ひどく特徴的な細部を見てほしい。ミーニンの住居の支配的スタイル――著しくロシア化されたバビロニア様式を見てほしい。国民的娯楽はバープキ競技で、ポピュラーな音楽は、鐘のコンサートだ（つまり、鐘もあれば、教会もあるということだ。そして必然的に「古い、何世紀にもわたって存在してきた原理」を保って、聖職者たちも自分の仕事をしているはずである）。レストランの勤務員は、昔のボーイの白シャツと白ズボンという恰好だ。農民親衛隊はツァーリ、アレクセイ・ミハイロヴィチ時代の銃士隊の衣裳をつけているといった具合だ。

　不公正にならないためには、次のように言うべきであろう。まさにこの反動的なイデオロギーを描くときの著者は、農民的ユートピアの社会主義的美点を描くよりもずっと正しいということである。まさに小農民が支配階級である国家を描くときには、その国家と内的に不可分であるのが鐘であり、酒場のボーイの白シャツであり、バープキ競技であって、ボッチチェルリの絵でもなければ、数百のフレスコ画でもなく、都市の廃墟にできた大公園でもないことを理解しなければならないのだ。後者は芸術を愛好する著者がユートピア国の退屈な小市民的生活を飾るために入れた「アドリブ」なのである。だが、反動的な農民イデオロギー――これこそ生きた真実だ。そして、ユートピアの絵から無関係な美しいものをとりさって裸にすると、見えてくるのは猫の額のような分与地の「畝」にしがみつく農民たちの重労働の国、縛りつけられた工場プロレタリアート、一切の「苛酷な」法律の網をくぐる、ずるくてどこにでも入りこむ資本家ブルジョワジー。そして一切のうえに立つのが、万策を講じてこの馬鹿げた体制を支えようとする協同組合主義者タイプの統治インテリゲンツィヤたちである。

　だが、あるいは、こういう疑問が出るかもしれない。もしもそんなにこのユートピアに反対なら、どうしてこれを出版して、広めるのかと。それはこうなのだ。このユートピアは自然で、不可避的で、興味深いものだからである。ロシアはすぐれて農民的な国だ。革命において、農民は全体としてもっとも政治的に発達し、もっとも組織された兄弟であるプロレタリアートのあとに従った。プロレタリアートは農民を社会主義へ引っ張っていこうと努めている。しかし、この課題のためには、農民の間での多大な内面的工作が必要となる。そしてこの内面的転生の途上で、農民は一度ならず、また長期にわたって、自らの特殊な、狭く農民的で、本質的には反動的な理想を発現しようという傾向をあらわすのである。古いものにしがみつき、死にかけたものを守り、消え去ったものを復活させ、そのイデオロギーの断片で飾り立てようとするのである。この闘争において、農民社会主義のさまざまな理論、さまざまなユートピアが生まれるだろう。そのようなユートピアの一つがここに出版されるものである。この作品の取柄は、教養のある、思慮深い人間によって書かれたということである。すべてのユートピア主義者と同じく、この著者は想像上の未来を飾りたてているが、基本的にはこのイデオロギーを研究するのに貴重な材料を与えてくれている。彼は信ずるところ、願うところを真摯に書いている。それ故に彼のユートピアは異論なく興味深いものとなっている。われわれがこれを出版するのは、一人一人の労働者、とくに一人一人の農民が目下おこなわれつつある大変革に思慮深い態度をもって対し、われわれとは違った考えの人びとが未来をどんなふうに描いているかを知り、この反対者の論拠に批判的、意識的に対することができるようになるのを願うからに他ならない。

＊1――この序文は、原著では巻頭におかれてある。

＊2――オルロフスキー　ヴァツラフ・ヴォロフスキー（一八七一―一九二三）のペンネーム。ポーランド人。ボリシェヴィキの機関誌で働き文学評論を書いた。革命後は一九一七―一九年までスカンジナビア大使、二一年からイタリア大使をつとめ、暗殺された。この間一九二〇年には帰国して一年間国立出版所の所長であった。

＊3――デムチンスキーたち　エヌ・ア・デムチンスキー（一八五一―一九一五）とその息子ベ・エヌ・デムチンスキー（一八七七―?）　父は農学者でもないのに、一九〇六年、農民問題解決の妙案として移植農法を提唱して政府筋にも評判になった。息子は農学者だったので、父を助けたが、農法自体はまったく根拠のないものであった。父はさらに天候と月の満ちかけとの関係について奇説を唱えた。

訳者解説——チャヤーノフとユートピア文学

ソヴェト・ロシアの農業経済学者チャヤーノフがイ・クレムニョフなるペンネームで一九二〇年に発表した『農民ユートピア国旅行記』は、長い間ほぼ完全に忘れられていた作品である。この作品は二十世紀ユートピア文学・思想史上において、比類のない独自の位置を占めている。一九八四年のロシア農民共和国の首都モスクワを描くこの小説を、いま［一九八四年の］わが国の読者に紹介するのは、われわれの生きている時代と世界を見つめ直すのにいささかでも役立つと期待するからである。

1

ユートピアという言葉は、周知のように、一五一六年にイギリス人トーマス・モアが同名の著書を世に問うたとき、発明した言葉である。彼は「ウ・トポス（どこにもない）」というギリシャ語をもとに架空の理想国の国名として、この言葉をつくった。モアのユートピア国は、同時代の航海者が発見した赤道近くの島にあるものと設定されている。この島の理想体制を叙述することは、モアにとって、十六世紀のイギリス社会批判の手段であった。

その後、モアと同じような試みは、カンパネルラやベイコンによってくりかえされたが、十八世紀になって、共産主義思想が現われ、平等主義的な理想社会を未来に描いた。やがて、産業革命と資本主義の確立をへて、マルクス主義が登場すると、先行の共産主義思想、社会主義思想はすべて「ユートピア的」と斥けられ、自らを「科学的」と称したのである。しかし、現実に存在していない未来社会としての共産主義社会はまさに「ユートピア」に違いないのであって、マルクス主義もまた当然ながら一個のユートピア思想であった。しかもマルクス主義は、資本主義経済の科学的分析・批判を長所と誇るだけに、来るべき新社会についての考察はかえって抽象的・断片的なものにとどまったといえる。

資本主義確立以後の近代社会主義思想のなかから、未来社会をくわしく描く試みがなされたのは、一八八〇年代のことである。一八八八年、アメリカ人社会主義者エドワード・ベラミの『かえり見れば――二〇〇〇年より一八八七年を見る』（*Looking Backward 2000-1887*）が出版され、ベストセラーとなる一方、これに対する批判として、一八九〇年、イギリス人ウィリアム・モリスの『ユートピア便り』（*News from Nowhere*）が出版された。小野二郎の紹介によれば、ベラミの作品は、「国内の全資本を統合して国家がそのまま単一の大トラストとなって産業を統制し、全労働の管理組織化の複雑なメカニズムも見事に機能している社会を書いた」ものである。モリスは、このベラミの理想社会を「国家へのきわめて徹底した中央集権化によって動かされている国家共産主義」であり、「他ならぬ機械生活そのもの」だと批判したという。モリスの作品はこの批判に立って、田園的で、非統制的で、自由な、芸術的な理想社会を二百年後のイギリス、ロンドンの姿として描きだしたものであった。

ところで、資本主義経済の発展がさらにすすみ、独占が形成され、帝国主義国家が登場した二十世紀初頭には、こんどは資本主義の未来を描きだす逆ユートピアが現われた。それは一九〇七年のアメリカ人ジャック・ロンドンの『鉄のかかと』（*The Iron Heel*）である。資本主義に対する労働者と社会主義者の力、プロレタリア革命が高まると、「寡頭制」がこれを鎮圧し、「傭兵隊」を使って、恐怖の独裁支配をつくりだす。この支配機構が「鉄のかかと」である。これはナチス国家を予見するものであった。

一方、近代世界での科学技術の発展に注目してきたイギリス人作家H・G・ウェルズは、ついに一九一四年に『解放された世界』（*The World Set Free*）を書くにいたった。その主題は核エネルギーである。この作品ではつぎのように描かれる。一九五三年より原子エネルギー利用のエンジンが実用に供されて普及するが、五〇年代後半のヨーロッパ戦争ではまず、ドイツ・オーストリア側と英仏露側がそれぞれ、原子爆弾をパリとベルリンに投下して核戦争を招く。日本と中国はモスクワへ、アメリカは東京に原子爆弾を投下する。一九五九年の春までに二百以上の都市が壊滅した。その結果、講和会議で、この戦争を最終戦として、不戦の誓いが立てられ、単一の世界共和国をつくることが決められる。この世界では農業の生産性がはなはだしく高まり、一九七五年には過剰農地を公園化する法律も出るというのである。

この作品のロシア語訳の最終回が雑誌に出されたその月に、人類は最初の世界戦争に突入した。世界戦争の時代こそまさに本格的な国家の時代であり、技術の時代であった。そのなかでロシア革命がおこり、世界を変革しようとしたマルクス主義者が国家権力を掌握する。いまやユートピアが現実となる時がきた。世界戦争の重圧のもとで崩壊したロシア国家を再建するソヴェト国家が、ユートピア実現の主体となった。全工業を国有化し、農村の全余剰を都市に没収する食糧独裁を布くなかで、戦争から共産主義が生まれるという観念にボリシェヴィキたちは熱狂する。一九一九年、一九二〇年がそのような戦争共産主義熱の絶頂であった。

この現実のなかで、この現実の極大化としての未来を予感して、慄然としたロシア人がいた。その一人がチャヤーノフである。彼の作品『農民ユートピア国旅行記』は一九一九年に書かれた。一九二一年には世界ソヴェト革命が勝利し、全世界が社会主義化していると想定し、かつその「国家集産主義」のなかに逆ユートピア的現象をみとめて、それを越えた新しいユートピアとして一九八四年の農民国ロシアを描いたのである。いま一人は造船技師出身の作家エヴゲーニー・ザミャーチンで、彼が一九二〇―二一年に書いた作品が『われら』である。彼は社会主義の未来を国家と技術の極限的発展と結びつけて、一個の逆ユートピアを描いた。ザミャーチンはH・G・ウェルズ研究を一九二二年に発表しているることからも知られるように、現代技術の発展についての強烈な関心を抱いていたが、ウェルズとは反対にペシミストであった。

チャヤーノフの作品はロシアで公刊されたが、国外ではほとんど注目されなかった。これに対してザミャーチンの作品はそもそもロシア国内では出版できず、一九二四年に英訳されてアメリカで出たのであり、その結果、西欧に影響を与えることになった。

スターリンの「上からの革命」が進み、他方ナチス・ドイツの誕生まぢかとなった一九三二年、イギリスの作家オルダス・ハックスリーが『すばらしい新世界』(*Brave New World*)を発表したが、この作品はザミャーチンの影響をはっきりと受けていた。エピグラムには、ロシア革命からのがれた亡命者ニコライ・ベルジャーエフの「ユートピアの窮極的な実現をいかにして避くべきか」という言葉が引かれていた。ハックスリーは、現代技術文明が全体主義的ユートピア思想と結合したときの恐しさを、未来の「文明国」イギリスとして描いた。

そして、二発の原子爆弾の投下をもって終った第二次大戦ののち、スターリンのソ連が勢力圏を拡大し、アメリカとの間に冷戦がはじまるなかで、一九四八年、イギリス人ジョージ・オーウェルがイギリスを舞台にスターリン主義の未来を描いた『一九八四年』を発表した。オーウェルもまたザミャーチンの影響を受けている。

オーウェル以後、もはや新しいユートピア文学は現われていない。

このようにユートピア文学・思想の流れをみてくると、二十世紀にはユートピアが現実化される状況のなかで、ユートピアの実現が逆ユートピアをもたらすのを批判する作品がザミャーチン、ハックスリー、オーウェルと一系列をなしていることがわかる。これに対してチャヤーノフは、逆ユートピア化するユートピアを越える第二のユートピア、別のユートピアを立てるところに特色がある。内容的にはベラミの工業的ユートピアに対立したモリスの田園的ユートピアの系統を引くが、ロシア革命の現実をへているだけにはるかに内容があるといってよい。

それにしても、チャヤーノフが第二のユートピアの王国を想定した一九八四年が、二十八年後に描かれたオーウェルにおいては、第一のユートピアの転落態ないしは完成態としての逆ユートピアの王国の年となったのは、なんという暗合であろうか。

そもそも、一九八四年とは、ジャック・ロンドンの『鉄のかかと』のなかで、五十万人の強制労働で、五十二年の歳月をかけてつくられた「驚異の都市アスガード」が完成された年として挙げられた年である。このことをチャヤーノフもオーウェルも知っていたに違いない。この点はイギリスのロシア農業史家で、チャヤーノフの小説の英訳者ロバート・スミスが一つの可能性として示唆するところであるが、チャヤーノフとオーウェルはそれぞれロンドンから作品の年号を取りだしたのかもしれない。

2

では、この忘れられていたユートピア小説の著者はいかなる人物か。

アレクサンドル・ヴァシリエヴィチ・チャヤーノフは、一八八八年一月十七日（西暦では二十九日）モスクワに生まれた。ザミャーチンよりは四歳年下である。同じ年に同じ都市に生まれた人物としては、政治家だが、ブハーリンをあげることができる。二年後に同じモスクワで生まれたのが詩人パステルナークである。彼らはいずれも、一九〇五年革命ののちに世に出るロシア・インテリゲンツィヤの新しい世代に属していた。その教養は二十世紀西欧文化と深く結びついており、ピエール・パスカルが「ロシア・ルネサンス」とよんだ文化的活性化の担い手となる世代である。

チャヤーノフの父はヴラジーミル県の農民であった。それ以上のことは一切不明である。彼は実科学校をへて、一九一〇年にモスクワのペトロフスカヤ農業大学校を卒業した。抜群の秀才であったのだろう、そのまま母校にとどめられ、一九一二年には外国留学に派遣された。彼はベルリンとパリで学んで帰国し、一九一三年には二十五歳の若さで母校の経営組織論の講座担当に任ぜられた。すでに一九一二―一三年に彼の農民経営論の骨格が『勤労経営理論概論』として刊行されている。これがのちに一九二三年にドイツ語で出版された本（日本語訳は『小農経済の原理』一九二七年）にまとめられ、世界的にチャヤーノフ理論を広めることとなるのである。簡単にいえば、農民の家族経営は資本家的な経営よりも強力であると主張する考えである。

チャヤーノフは、世界戦争前に、モスクワ近くのヴォロコラムスク郡の亜麻生産農家の調査を発表し、協同組合に対する関心もすでに表わしていた。戦争がはじまると、国家の戦時経済統制に対抗して、亜麻生産農家の協同組合組織化を推進し、一九一五年九月には四十三の協同組合を集めて、亜麻生産者中央組合（リノツェントル）を組織し、自ら議長に就任した。この組合は一六年末までに十六万人の生産者を組織するにいたった。

一九一七年に革命がおこると、三月二十五―二十七日にひらかれた全ロシア協同組合大会で、同大会評議会のメンバーに選出された。さらに、彼はこの革命の過程で、同僚のマカーロフらとともに土地改革連盟を組織して、土地改革のプログラムづくりに努力した。そして、最後の臨時政府において、エスエルの農相セルゲイ・マースロフに乞われて、その次官をつとめたのである。したがって、十月革命の時点では、打倒された者の側に立っていたのだが、彼は引きつづき協同組合運動のなかに地歩をもちつづけた。ソヴェト政権もこの運動とは妥協せざるをえず、一種の緊張をはらんだ協力関係が生まれた。一九一八年末には全ロシア農業協同組合買付け連盟（セリスコサユース）と農業協同組合合同評議会（セリスコサヴェート）という二つの中央機関が成立した。この両機関の執行部には、セルゲイ・マースロフ、ア・エヌ・ミーニン、マカーロフ、コンドラチェフらとともに、チャヤーノフも加わった。そして、おそらくマースロフがこの直後政治的に抑圧されたためであろう、一九年には、チャヤーノフが両組織の議長を兼務することとなった。こうして、協同組合は、戦争共産主義の体制にくみ込まれつつ、一大独立勢力をなしており、チャヤーノフはその人格的代表者なのであった。

さらにこの一九年には、チミリャーゼフ農業大学校と改称されていた勤務先に農業経済・政策高等セミナーが設置され、チャヤーノフが責任者となった。これはのち研究所に昇格し、チャヤーノフの研究所として知られるようになる。

チャヤーノフがイヴァン・クレムニョフなるペンネームで『農民ユートピア国旅行記』を書いたのは、まさにこの時点である。すでに彼は前年『ある理髪師の人形の物語、あるいはモスクワの建築家エム・ロマーニチの最後の恋』なる小説を「植物学者X」なるペンネームで発表していた。しかし、その寓話的ロマンスとは異なり、こちらは高度に政治的で、ストレートな体制批判をふくむ内容のものである。これが、一九二〇年に国立出版所から出版できたのは、ひとえに、この年一年間だけ出版所の所長をつとめたヴェ・ヴェ・ヴォロフスキーの特別の判断の故であろう。のちに、共産党のイデオローグであるヤロスラフスキーは憤懣やるかたない調子で、「文盲克服のためにも紙が不足し、新聞は部数をへらし、包装用紙に印刷していたとき、国立出版所から立派な紙に印刷されて出た」と書いている。

ヴォロフスキーはペ・オルロフスキーなるペンネームで批判的序文を付した。そのペンネームは彼が革命前のボリシェヴィキ系の出版物に文学評論などを書いていたときのものである。アンジェリカ・バラバーノフは、ヴォロフスキーについて、自分の会ったロシア人党員中もっとも本物の教養を身につけたインテリゲンツィヤであったと書いている。彼の批判は経済システムとしての農民ユートピアに向けられているが、彼が批判していない点（たとえばチャヤーノフの国家集産主義論）があるところに、この異例の出版の謎をとく鍵があるかもしれない。

この作品の原タイトルは『わが兄弟アレクセイの農民ユートピア国旅行記 第一部・出現』である。このタイトル自体は、第二部が書かれることを予想させる。第二部を書いたが出版を許されなかったのか、それとも著者が本来第一部で終りと考えていたのか、——この点についてはいかなる情報もないが、状況からみるとき、この作品は第一部で終るものとして書かれたものではないかと思われる。

3

チャヤーノフはこの作品をユートピア小説の伝統に従って書いた。トーマス・モアの『ユートピア』の原題は、『社会の最善政体とユートピア新島についての楽しいと同じほどに有益な黄金の小著』である。またモリスの『ユートピア便り』は、全三十二章すべてに章名がつけられている。第十五章は「共産主義社会には労働意欲を促すものが欠けているという問題について」となっている。チャヤーノフの章名のつけ方は、このような先行の作品にならっているのである。

さらにプロットの立て方も、重要な点でモリスを下じきにしていることがわかる。まず、主人公が夜の会合の「あつい部屋」から「くさい地下鉄」にのって帰宅し、ベッドに入り、翌朝目をさますと、二百年後の生まれかわったロンドン郊外に来ているというモリスの書き出しは、明らかにチャヤーノフの書き出しにヒントを与えている。「あつい部屋」は、「息苦しいほどの超満員の総合技術博物館」と対応し、人類文明の生みだした「蒸しぶろ」とモリスが憎む地下鉄は、家庭の台所廃絶法令というユートピア＝逆ユートピア的達成と対応している。

老人が、訪問者たる主人公にこの変化した世界を説明する役まわりを与えられて登場し、老人と主人公との対話が長くつづくのも、モリスからチャヤーノフがうけついだプロットである。チャヤーノフが、ここで、この重要な説明役の老人としてアレクセイ・アレクサンドロヴィチ・ミーニンという人物を設定したのは、彼の並々ならぬ遊戯精神の現われである。この農民国の登場人物はほぼミーニン一家に限られており、老ミーニンは、主人公クレムニョフをもてなすアレクセイ、パラスケーヴァ、カチェリーナという三兄妹の父である。この老ミーニンをチャヤーノフは有名なヴォローネジの教授の息子と設定し、書斎にこの教授の肖像画がかかっていると書くのだが、この教授は明らかに、チャヤーノフと同じ農業経済学者で、協同組合運動の同志でもあり、チャヤーノフの研究所のヴォローネジ代表の客員研究員であったア・エヌ・ミーニン（アレクサンドル・ニコラエヴィチ・ミーニン）をさしているのである。つまり、チャヤーノフは、同僚ミーニンの息子と未来の孫たちをこのユートピア小説の主要人物として登場させたということである。

登場する女性像もかなりの類似性がある。モリスの女性たちは、古代のクラシックな服装と十四世紀の衣裳の中間のような服装をして、健康で幸福そうである。チャヤーノフの女性たちも、古典的な頭、豊かな胸、みな健康で幸福そうである。モリスの主人公も未来のユートピア国の女性エレンに心さわがすが、これに対して、チャヤーノフの主人公はカチェリーナと愛を打ち明け合うのである。

だが、これ以外の点では、チャヤーノフの小説はモリスの作品よりは、はるかに起伏にとみ、ドラマティックである。思想的にも、「国家集産主義」「啓蒙的絶対主義」「一元論的思考」に対する批判は鋭い。チャヤーノフにあっては「国家集産主義」と「社会主義」は同義でもちいられている。とくに、世界的社会主義が分裂して、五つの閉鎖体制になるという考えが興味深い。英仏組ではソヴェト官僚の寡頭制が資本主義レジームに転化し、日中組では、天皇制社会主義のごときものに転化するという点である。

ロシアは十年間、共産党が支配していたが、優生学的方法の強制的実施をめぐり、その推進をはかって共産主義を全体主義に近づける左派と、これに反対する右派が対立し、右派が農民グループと連合したことによって、一九三〇年の農民革命がみちびかれるとしている。実際のソ連史では、ブハーリンの右派が打倒されて、スターリンの「上からの革命」が一九二九年におこるのである。三四年に純農民的政府が成立し、都市廃絶法令が出るとチャヤーノフは書くが、現実にはこの年ソ連型社会主義の成立を確認した十七回党大会が開かれている。そして都市派最後の反乱であるヴァルヴァーリン（野蛮人）の反乱が鎮圧されたとされる一九三七年とは、現実にはスターリンの悪夢の大量テロル、エジョフシチーナの年であった。こうしてみると、チャヤーノフのユートピアはソヴェト・ロシア史の一種の陰画、裏返しの関係にあることがわかる。

ところで、チャヤーノフのユートピアの叙述のなかでもっとも興味深いのは、国家集権主義を裏返す農民ユートピア国において、「聖フロルとラヴル友愛団」のようなエリート養成組織が存在すること、ミーニン老人が才能ある生命の人為的選別という考えを誇らしげに語ることである。つまり、多元論を主張する第二のユートピアも、それまでのユートピアが本来的にもっていた統制的要素を免れていないのである。主人公がとびあがって、「それが恐しいことでないのですか」「あなた方の体制はもっとも賢い二十人の野心家の洗練された寡頭政治に他なりません」と叫ぶのは当然である。ここにおいて、農民ユートピア国家も一種の哲人政治であることが明らかにされる。第二のユートピアも逆ユートピアになる可能性をうちにひめているのである。ユートピアの叙述がそのユートピアに対する本質的な批判を含みつつ進められているところに、チャヤーノフの思想の深さがある。

だが、農民的ユートピアそれ自体についてみれば、一九八四年のわれわれは、一八九〇年のモリスよりも、一九二〇年のチャヤーノフよりも、はるかにその魅力を感じる立場にある。このユートピアは、一九八四年の人類文明における批判となっているといえる。

4

この本が一九二〇年のソ連でどのように受けとめられたのか、残念ながらいまだつきとめられていない。チャヤーノフについて回想的な文章を書いたア・ヴェ・バフラフは、この作品について「発表当時大変な騒ぎをおこし、権力をもつ人びとをいら立たせた」と書いている（『ルースカヤ・ムイスリ』一九七九年十月二十五日号）が、具体的な説明はない。

たしかなことは、このときには、この作品が革命を誹謗するものと非難され、著者がつきとめられて、窮地に立たされるということはなかったらしいということである。チャヤーノフは引きつづき彼の研究所の所長のポストにあった。一九二一年の彼の社会的行動については、まずヴェーラ・フィグネルらの要請で、クスコーヴァらとともに、あの総合技術博物館で、ソヴェト政権の政治囚救援の資金づくりの連続講演会に出たことが知られている。彼は二月二十二日、「旧モスクワの街頭での異民族の侵攻、内乱、民衆蜂起」という題で話している。また七月には、この年ヴォルガ沿岸を見舞った深刻な飢饉に対して、民間の力を集めた全ロシア飢民救済委員会の結成に加わっている。この委員会は翌月には解散させられ、クスコーヴァ以下かなりの数の人びとが国外追放に処せられているが、チャヤーノフは安泰であった。

はじまったネップ時代には、マルクス主義農学者とは別個の「組織＝生産学派」の指導者として、農業経済分析のため旺盛な研究活動をすすめた。かたわら、文学作品も『詐欺師たち――三章九場の悲劇』（一九二一年）、『ヴェネディクトフ、あるいはわが人生の記念すべき諸事件』(同上)、『ヴェネツィヤの鏡、あるいはガラスの人間のめずらしい出自』(一九二三年)、『フョードル・ミハイロヴィチ・ブトゥルリン伯爵の異常かつ本物の冒険』(一九二四年)、『ユリヤ、あるいはノヴォデヴィーチーでの出会い』(一九二八年)を、主として「モスクワの植物学者X」というペンネームで書いている。西欧の古い版画にかんする案内書も書いている。

ところで、一九二〇年代の末、スターリンの「上からの革命」の一環として農業の全面的集団化が強力に進められようとする前夜、チャヤーノフは、従来の立場を一変させる発言を行ないはじめた。一九二八年三月、彼は自分の研究所の会議で、大規模な国営農場建設に賛成し、その組織問題に対する提言を行なった。さらに、この年、論文集『未来の生活と技術——社会的、科学技術的ユートピア』に寄稿した論文「農業の可能な未来」においても、農業の技術革新がロシア農業にどのような革命的な変化をもたらすかをまったく肯定的に論じた。無土壌農業とか、穀物工場とかのアイデアも取りいれられていたため、編集者自体が、これらはむしろユートピアに属すと考えるのが妥当だとの注を付したほどであった。こういうチャヤーノフの主張は、明らかに一九二〇年のユートピアの放棄を意味するものであった。

チャヤーノフのこの変化について、日本のソ連農村工業研究者奥田央は、それが彼の「農工結合体」的な大規模経営への共感に媒介された内発的なものだと指摘している。しかし、『経済生活』紙の一九二九年二月十五日号に書いた弁明、「階級的農民的協同組合から農業の社会主義的改造へ」には、強いられた調子もほのみえる。

この文章のなかで、チャヤーノフは自分は農民経営を大経営に対置し、農民経営を擁護してきたが、それは農民の零細経営を美化するからではないとした。それは地主経営や資本家経営に対する「階級闘争」だったのであり、農民経営を協同組合に組織することによって抵抗力を強めようとしたのである。しかし、現在の「無階級社会の首尾一貫した社会主義的経済組織」に向かう「計画的経済改造」の時期に小農民経営の強さという考えに固執するとしたら、「反動的」になるだろう。

「われわれはある種の、よくわかる惰性によってこの概念をほぼ一九二〇—二三年まで擁護し、一九一九年に書いた周知のクレムニョフのユートピアのなかに極端な表現を与えたのだった。われわれは徐々に、まったく自然にこの概念を捨てるべきであったのだ」

このように『農民ユートピア国旅行記』に描かれたユートピアをはっきりと否定したチャヤーノフは、農業の将来の形態は「ソホーズ、コルホーズ、協同組合、残存個人経営の混合体」ではなく、「郷ぐるみの単一共同経営」でなければならないと主張した。

彼は、自らの考えの変化を「イデオロギー的進展」と規定し、公式イデオロギーへの迎合をもみせているのだが、もとよりスターリン的集団化を支持することはできなかった。

だからこそ、政権にとってはチャヤーノフは無用であり、かつ危険な存在であった。全面的集団化がすすめられるなかで、一九三〇年、彼は、コンドラチェフ、マカーロフらとともに逮捕された。彼らは勤労農民党を組織し、クラーク（富農）の立場から資本主義復活を策していたものとされた。共産党のイデオローグ、ヤロスラフスキーは『プラウダ』（一九三〇年十月十八日号）に「チャヤーノフらの夢想とソ連の現実」という大論文をのせ、『農民ユートピア国旅行記』をくわしく論評し、それが「相当にできあがったブルジョワ復古の綱領」「クラーク的宣言」だと攻撃した。ソ連の新聞紙上でこの本がもっともセンセーショナルにあつかわれたのはこのときであった。

公開裁判が予告されていたにもかかわらず、フレームアップの条件がととのわなかったためか、裁判は行なわれず、チャヤーノフは中央アジアのアルマ＝アタに流刑され、そこで一九三九年に死んだという。

一九五六年のスターリン批判ののち、チャヤーノフも名誉回復された。友人マカーロフはラーゲリからもどり、学界に復帰したが、もとより死んだチャヤーノフがよみがえるはずはない。ただ、彼の項目が『経済学百科事典』や『文学百科事典』に復活したのである。どちらも『農民ユートピア国旅行記』に触れているが、『経済学百科事典』はその「反動的＝ユートピア的性格」を指摘している。

忘れられた作品をはじめて論じたのは、イギリスのノンナ・ショウの短い紹介（「唯一のソ連農民ユートピア文学」、*Slavonic and East European Review*, Vol. VII, No.3）であるが、注目されるのは翌年ソ連で出たメニシューチン、シニャフスキー共著『革命初年の詩文学』である。数年後逮捕されて裁判にかけられるシニャフスキーは農民詩人クリューエフのユートピアと結びつけて、チャヤーノフの小説をちらりと、しかし印象的に紹介していた。私がこの小説のことを最初に知ったのはこのシニャフスキーの紹介によってである。

テキストのリプリントは一九六七年、オランダで出た『チャヤーノフ選集』第三巻に収められた。私がそのテキストからの紹介を「エセーニンとマフノ――ロシア革命における農民の運命」（『知の考古学』誌、のち『農民革命の世界』に収録）のなかで試みたのは、一九七五年である。翌年、ミシェル・ニケによるフランス語訳が単行本（L'Age d'Homme 刊）

で、イギリスのロシア史家ロバート・スミスによる英訳が雑誌誌上に（*The Journal of Peasant Studies*, Vol. IV, No.1）掲載された。スミスははじめて付録の新聞『ゾージイ』を発見し、これも訳出していた。その後、ロシア語の新版が、グレープ・ストルーヴェの序文つきで、一九八一年ニューヨークで出た。したがって、この日本語訳は、仏英につぐ第三の外国語訳ということになる。

本書は、一九二〇年版の原著のテキストとスミス教授から提供をうけた新聞のコピーより訳出した。注についても教えられるところが少なくなかった。同教授に深く感謝する。

一九八四年八月　和田春樹

平凡社ライブラリー版 訳者あとがき

一九八四年にこの本を刊行したとき、ソ連の国家と社会はモスクワの巨大な建築と同じように堅固なものと見えていた。私も妻も巨大な変化が翌年からはじまることを想像できなかった。八五年三月、老人の書記長チェルネンコが死んで、若いゴルバチョフがあとをついだ。翌八六年四月にはチェルノブイリ原子力発電所の事故がおこり、ソ連体制は決定的にゆらいだ。そして、ゴルバチョフは三ヶ月後「革命としてのペレストロイカ」を宣言したのである。

一九八七年夏、私は三年ぶりにモスクワを訪れた。初夏の街路にはトーポリの綿毛が舞っていた。そういうところも含めて、モスクワの通りの雰囲気には何の変化もなかった。しかし、知識人の心の中にはすでにはっきりした変化、希望がうまれているのが感じられた。私の友人たちはラーゲリや流刑地からレニングラード、モスクワにもどり、働きはじめていた。尊敬する歴史家たちも希望をいだいていた。かつての異論派のサミズダート雑誌のタイトル、「記憶（パーミャチ）」と「対話（ポーイスキ）」が人々の共通精神になりつつあることがうかがえた。この変化の方向は「新しい社会主義のモデル」、「人間化された社会、人間にふさわしい平和で、自由で、和解と連帯のある統一された社会」を求めることであり、「新しいユートピアをつくりだす」ことかもしれないと、帰国後に出したモスクワ訪問記の結びに私は書いた（『私の見たペレストロイカ』、岩波新書）。

否定されていた過去の歴史がよみがえる中には、チャヤーノフの生涯と作品もあった。一九八七年には日本でも小島修一氏の力作『ロシア農業思想史の研究』（ミネルヴァ書房）が刊行され、チャヤーノフとオガノフスキーの著作に光があてられた。ソ連では、一九八八年には、「チャヤーノフとは誰か」、「チャヤーノフ発見」、「帰還――チャヤーノフ生誕一〇〇年にあたって」などの記事がロシアの新聞雑誌に発表され、農民ユートピア国旅行記も、雑誌『建築と建設』に五号にわたり掲載された。原著刊行以来六十六年ぶりの母国での再版である。八九年には経済研究所の遺産シリーズの一巻として復権したチャヤーノフの最初の論文集『農民経営』が刊行されるにいたった。

その論文集巻頭の解題の中で、チャヤーノフの最期も明らかにされた。一九三〇年七月二十一日に逮捕された彼を勤労農民党事件で裁く企ては成功せず、四年間投獄の末にアルマ゠アタに流刑となった。そこで彼はカザフスタン共和国の農業人民委員部で働きはじめた。一九三七年再逮捕され、反革命の罪で裁かれ、一〇月三日死刑判決をうけた。処刑は翌日おこなわれたのである。

ペレストロイカの中でチャヤーノフを全面的に復活させた人々はロシア農業の再生に彼の理論を生かすことを願ったはずなのだが、その願いはほとんど現実化されなかった。急速にペレストロイカは資本主義復活の方向に進み、一九九一年国家社会主義のソ連は崩壊し、国の看板はエリツィンの資本主義的大統領体制の国、ロシア連邦に変わったのである。

一九九二年三月モスクワを訪れた私がみたのは、まさに別の国であった。政治警察チェカーの長官ジェルジンスキーの銅像は撤去され、クズネツキー・モストからルビャンカ広場までの通りは人の海だった。通りでものを立売りする人、それを見てまわり買う人々で一杯だった。「モスクワの中心部は闇市と化していた」のである。そのとき、私は一九二二年のモスクワから一夜にして一九八四年の農民ユートピア国のモスクワにタイムスリップしたクレムニョフのことを思い出した。「チャヤーノフの描く一九八四年の農民ユートピア国のモスクワの明るさとは何という違いであろうか。いまのモスクワの状況は切なくも苦しい」（『歴史としての社会主義』、岩波新書）。

それから二十年、いまではモスクワには闇市はない。クレムリンの近くからは再建された巨大な救世主大聖堂が見え、中心部のホテル・ロシアとホテル・イントゥーリストは完全に改築された。トヴェルスカヤ通りは高級ブランド商品の店で埋められている。二〇一三年のモスクワは経済的には繁栄しているように見える。

ロシアにおける資本主義の復活は、私の期待を裏切るものであった。しかし、チャヤーノフのユートピア小説では、全世界が社会主義化、国家集産主義化したあと、復古がおこり、一部ではソヴェト官僚の寡頭制が資本主義レジームに転化すると想定されていた。だから、英仏ではなく、ロシアがそうなったと考えれば、この変化もチャヤーノフの想定のうちだということになる。国家集産主義体制のあと、どこに向かうかというオプションは五つあるとチャヤーノフは指摘している。国家集産主義をそのまま維持するというオプション、農民ユートピア国に進むというオプション、天皇制社会主義に転換するオプション、議会制にもどるが、農業の国有化だけはのこすオプション、資本主義レジームにもどるオプションである。そのどれが選び取られるかは、それぞれの国の国民と指導者の政治決断、政治闘争次第だというのである。この想定は見事だといわざるをえない。

ユートピア国を含んだ多体制の世界では国家間の対立と衝突がおこる。その点にまで説明を進めているところがチャヤーノフの作品のユニークな点である。ユートピア国は違う体制の国と戦争になる。そこで農民ユートピア国は戦争にユートピア兵器を使う。強力な磁場を形成して天候をあやつる特殊装置メテオロフォールを軍事にも利用して、強大な竜巻をおこして、百万のドイツ軍を吹き飛ばして、瞬時に勝利するのである。空中に吹き上げられ、落下したドイツ兵は相当な被害をうけるであろう。

これは原爆を遥かにこえるスーパー兵器である。このような力はどこからくるのか。このような強力な磁場を形成するエネルギーはどこからえられるのか。そもそも農民ユートピア国のエネルギーは、書かれているとおり、木材、石油、石炭からえられているのか。そう考えて、私はメテオロフォールの背後にはユートピア的な新エネルギーが想定されているのではないかと考えるようになった。

世界戦争時代のユートピア小説においては、ハーバート・ウェルズが原子力の軍事利用についてのべ、飛行機から手で落とせる小型原子爆弾というスーパー兵器が両軍いりみだれて使われるという情景を描いている。このウェルズの作品『解放された世界』はいち早く戦争前にロシアのエスエル系の雑誌に翻訳掲載されていたから、チャヤーノフも明らかに読んでいただろう。チャヤーノフも新エネルギーを考えていたのではなかろうか。そうだとすれば、そこには問題がある。

本書を最初に日本の読者に紹介した一九八四年からほぼ三十年がすぎた。われわれはこの間に冷戦の終了と国家社会主義ソ連の崩壊を経験し、チェルノブイリと福島という二度の原子力発電所の深刻な事故を経験した。ソ連に勝利したとみえるアメリカ軍事金融資本主義体制も悩んでいる。現代グローバル工業文明は明らかに危機の中にある。三十年すぎて、新しい人間的な暮らしの形、人間的な地域共生のしくみをもとめる気持ちはロシアの人々だけでなく、われわれみなのものになっている。そのとき、チャヤーノフの農民ユートピア国の世界はわれわれにとってなお一つの精神的刺激を与えてくれることは間違いない。新しいユートピアを求めなければ、われわれは変わっていくことができないからだ。

二〇一三年五月　和田春樹

巻末論考――理想郷の現実的課題

藤原辰史

1　哀しき理想郷

『農民ユートピア国旅行記』（以下、『旅行記』）で描かれた国は、チャヤーノフにとって理想郷である。大規模資本家経営でもなく、農業集団化でもなく、個人的農民経営がこの国の経済制度の根幹にあり、商品流通も大商人ではなく、農民たちの組織した協同組合の手に握られているからである。個人的農民経営とは、労働者をできるかぎり雇わずに、もっぱら家族労働力を主軸として営む経営体のことである。これは、かつての日本ではよく「小農」と呼ばれていた。小農経営は、子どもの数が増え、家族のなかで消費者の占める割合が増えると、多少無理をしても所有地あるいは借地を広げて農業を営み、ひとつ、あるいは複数の副業に従事しながら（たとえば、狩猟をして毛皮を売る）、収入を得ようとする。一方で、子どもも少なく、家族全体の消費意欲が少ない場合には、一定程度の仕事で満足してやめてしまう。資本家の経営では不利な行動とみなされるような家族経営の自然に根ざした経済行動こそが、小農経営の強靭さの理由である。これはチャヤーノフが一九二三年にベルリンで出版した主著『小農経済の原理』で主張した内容だが、ユートピア国の原理と大きく変わらない。

しかも、チャヤーノフがその理想郷を厳しい現実に対峙させた、ということにも注意を払わねばならない。当時、ボリシェヴィキ政権が、内戦を戦う赤軍と都市工業の活性化のために農村から厳しく余剰穀物を徴発していたからである。一九一八年六月に導入された戦時共産主義が農村を苦しめていた時期、市場原理を限定的に導入したネップ（新経済政策）への移行まであと一年という時期に、レーニンのボリシェヴィキとは距離をとりつつ、独自の協同組合主義を唱え、その運動を率いていたチャヤーノフは、農民の自発性を根幹に据えた社会を小説に描いたのである。

それにもかかわらず不思議なのは、チャヤーノフの理想郷を部分的にではあれ描いたはずの小説の結末が、なぜ、これほどまでに哀しく、寂しいのか、なぜ、「才能のある生命を人為的に選別する」優生学的な思想が、そして、クレムニョフが「暴政にまさる暴政」

と叫ばざるをえなかった政治が、この国に根づいてしまっているのか、ということである。もちろん、この旅行記が「第一部」で終わっていることには注意を払わなくてはならない。「第二部」が仮に執筆されていたらどんな結末だったのか、それを考えることも必要だろう。しかし、それでもチャヤーノフが第二部を書かなかった事実は重い。また、この国に大いなる違和感を抱いてしまったクレムニョフが、とぼとぼとあてどなくユートピア国に戻ったあと、「ユートピア」の礼賛者に転向する物語を肯定的に描くのは、やはり想像しにくい。それほどまでに、クレムニョフのこのユートピアへの失望は大きかったといわざるをえない。タイムスリップ以後のクレムニョフは、以前は集団化路線に違和感を覚え、所有権の温存をはじめとする「ブルジョワ心理」への愛着を捨てきれなかった人物であり、その思想はタイムスリップ以後も変わりない。それゆえに、小農ユートピア国への失望は決定的だったと考えてよいだろう。

つまり、チャヤーノフの思考実験ともいうべきこの小説は、ある種の自己批判的機能を果たしているのである。なぜだろうか。筆者には、ロシア農業史の文脈に即してこの問題に挑戦するだけの知識がない（この文脈に関心のある読者は、小島修一および小島定の諸研究を参照）。ここでは、いささか遠回りではあるが、近代日本の農業思想の観点から、より具体的にいえば、日本の農学者の執筆した小説をひとつの参照軸としながら、この問題について考えてみたい。

2　比較項としての横井時敬

それは、横井時敬《ときよし》（一八六〇―一九二七）の『小説 模範町村』（一九〇七年）である（以下、『模範町村』）。一八八〇年代から一九二〇年代にかけて、日本農学を牽引した人物だ。

横井時敬は、一八六〇年一月二九日、肥後熊本藩士横井久右衛門時教の四男として生まれた。熊本洋学校を卒業後、一八七八年、駒場農学校の農学本科に入学、一八八〇年に同校を首席で卒業後、福岡県農学校教諭、福岡県勧業試験場長を経て、一八九〇年、農商務省農務局第一課長となり、一八九四年に帝国大学農科大学助教授に就任、一八八九年にドイツ留学後、同大学教授に進んだ。一九一一年に、「人物を畑に還す」という理念のもと、私立東京農業大学を創設、一九二七年まで初代学長を務めた。横井の説いた「実学」主義は、いまなお東京農業大学の支柱でありつづけている。横井は、地主との対決を前面に打ち出す小作争議には批判的であり、地主の「温情」を基礎に地方改良を進める内務省の路線のメガホン的な役割を果たした。

横井晩年の主著『小農に関する研究——日本の農業及農村に関する根本的研究』は、一九二七年五月に丸善から出版された。これは、家族の労働力を最大限活用する小農の存在の国家的かつ経済的な意義を説いたもので、不在地主を批判し、肉体労働をする地主を称揚するという横井の農本思想が展開された書物である。注目すべきなのは、ここで横井がつぎのように述べていることである。

然るに先頃チャ、ノフの著書に就き、その梗概を訳述したのを見て、これに大なる刺激を与へられたかの如く、俄然小農に関する研究に向つて、一大光明を発見した。彼の農業経営の調査や、生産費調査などに於ての、労賃問題が又た余を啓発する所が多かつたやうでもある。要するに余が多年志したる小農経済学が、こゝに於て、不完全ながら成立の緒に就きたるの喜を発表することが出来た。

(二五八頁。適宜読点を句点に改めた)

「チャ、ノフ」の『小農経済の原理』が、磯邊秀俊と杉野忠夫の訳で刀江書院から出版されたのが一九二七年四月。横井の『小農に関する研究』はそのわずか一か月後の五月である。横井が読んだのは、この訳書ではなく、「梗概」の「訳述」だったにもかかわらず、横井はチャヤーノフの議論に強く惹かれている。この二冊が同じ年にほとんど月をたがわずに出版された意味は、日本史のみならず、世界史においても小さくないだろう。

チャヤーノフと横井。横井はチャヤーノフより二十八歳も年上であるが、同時代に同じテーマに携わった農学者であることに違いはない。この二人の小農論者が、そろって理想農村の小説を書いた、あるいは書かざるをえなかった歴史的偶然に寄り添いながら、『模範町村』と比較しつつ『旅行記』の奇妙な結末について考えてみたい。

まず、基本的な情報からみてみよう。『旅行記』の出版年は一九二〇年。主人公は古参の社会主義者アレクセイ・ヴァシリエヴィチ・クレムニョフ。時代は一九八四年、つまり、読者の生きている時代から六十四年後である。舞台はモスクワ。都市であるが、「都市的居住地廃絶法」のあとで、居住人口は十万人程度にまで激減している。

他方、『模範町村』の出版年は一九〇七年十月であり、一九〇九年四月に第四版、一九一六年には第十版を記録している。横井の抱いた構想を、作家の徳田秋聲が小説に仕立て直している。主人公は小田春雄という東京から田舎に帰ってきた青年医師。時代は一九〇〇年代、つまり、著者および読者の生きている時代である。舞台は、豊坂村という架空の農村。春雄は、この村の人びとの明るさ、西洋の知識を取り入れた病院、都会を上回る進歩、誰もが食事できる充実した公会堂、そしてこの村を作りあげた稲野村長に魅了され、元代議士で強欲な父親と、見栄っ張りな母親（実は、かつて稲野と結婚する予定だった）との確執を乗り越えて、病院の医師として働くことを決意するのである。

『模範町村』のほうが十三年も早く出版されていること、『旅行記』は未来、『模範町村』は現在であること、舞台も都市と農村で異なることなど、相違点も少なくない。しかし、どちらも現実にはない理想社会を描いているうえに、『旅行記』のモスクワも都市的居住地廃絶法以後に農村化している以上、二冊とも二十世紀の第一クォーターに農業経済学者が理想農村を描いた小説である、という整理は可能であろうし、それにもとづく比較検討も、それほど強引な試みではないだろう。

興味深いのは、どちらの小説にも主人公の恋愛相手が登場することである。ちょうど、ウィリアム・モリスの『ユートピアだより』（一八九三年）のように。クレムニョフは、社会主義国家の実現したモスクワでこう叫んでいたのだった。「老モリスよ、［……］君たちの孤独な夢想は、いまや一般的信念となり、この上ない暴挙と見えたものが公認の綱領、日常茶飯事となったのだ！　社会主義は、革命四年目にして自他ともに許す地球の全一的支配者となったのだ」。そのモリスの『ユートピアだより』には、エレンという女性が登場する。訳者和田春樹氏の解説にあるように、チャヤーノフはモリスのプロットを踏襲しているのである。『旅行記』には十七歳前後のカチェリーナが、『模範町村』では春雄が結婚を考えている村長の娘がいる。『模範町村』は二人の結婚が決まったことを最後に読者に伝えているが、『旅行記』の場合は、カチェリーナがクレムニョフに愛を告白したあと危機が迫っていると伝えて、彼のもとを去る。それぞれハッピーエンドとバッドエンドを象徴するのである。ちなみに、モリスの『ユートピアだより』が堺枯川（堺利彦の筆名）によってはじめて邦訳されたのは一九〇四年十二月、『理想郷』というタイトルで平民文庫の一冊として出版された。『模範町村』の出版の三年前である。横井が『理想郷』を読んだかどうかは脱稿まで明らかにできなかったが、邦文・欧文問わず読書を好んだ横井が興味を持った可能性も少なくないだろう。

3　労働と科学技術

ではさっそく、『旅行記』と『模範町村』を机のうえに並べて読み比べてみよう。

どちらの小説も、資本主義社会が人間の生き方に及ぼすとされる害悪を批判し、それを乗り越えることを目指している。どちらも、都市中心主義を批判し、農村的な健康な生活を目標としている。

『模範町村』では、家族経営は解体されるどころか、村の中心に位置づけられている。農は国本である、という思想も色濃い。また、「横井博士」という自分自身の分身である登場人物が作った農家五訓には、模範町村の理念が記されている。

一　家を富すは国家の為と心得奢侈を戒め勤倹の心掛肝要の事
一　家の富は事業の改良に原《もとづ》く事多きものなれば学理を応用する心掛肝要の事
一　家の幸福は社会の賜なれば公共の為には応分の勤めを尽し公徳を修むる心掛肝要の事
一　共同戮力は最も大切な事なれば小異を捨て大同に合し個人とともに公共の利益を進むる心掛肝要の事
一　農民たるものは国民の模範的階級たるべきものと心得武士道の相続者を以て自らを任じ自重の心掛肝要の事

（七四―七五頁）

これらは、実際に横井時敬が説いていた五訓にほかならない。『横井博士全集』第五巻には、『模範町村』とともに横井自筆の五訓が収められていることからも、この五訓の重要性が分かるだろう。農民に、「科学の精神」と「公共の精神」の両方を持つよう説いている。

一方で、ロシアの「農民ユートピア国」の「偉大なる永遠の原理」は、個人的農民経営が「経済活動のもっとも完全な型」である、ということである。国家に忠誠を尽くすことは、ここではさして重要なことではない。むしろ、農民ユートピア国では、国家とは「社会生活組織の古くさくなった方法」であり、そのかわりに「社会」が制度の中心にある。この原理がもっとも凝縮して表現されているのが、労働の分野にほかならない。労働をいかにとらえるかについては、『模範町村』はもちろん、『旅行記』読解の核になる部分であると思われる。

まず、『模範町村』からみてみよう。豊坂村の中心には公会堂が設置されている。ここには、娯楽施設のみならず、公衆食堂が設けられ、地域のコミュニティの拠点になっている。注目すべきなのは、ここに大きな時計台が備え付けられていることである。これが、農民が遊びに耽《ふけ》らないように監視しつづける。村のどこからもこの時計台がみえ、テイラー主義的に農民たちの労働効率の低下を阻止している。

時計台以外にも、豊坂村がいかに近代的な労働概念を農村に導入しようとしているかにかんする事例が豊富にある。まず、「田植の時と雖も謳ふことを禁じた」(七二頁)。つまり、いわゆる「労作歌」が禁止されているのである。「労働」とは、近代に誕生した概念である。この言葉が公的に使用されるのは二十世紀に入ってからであり、庶民のくらしに根づくのはそれよりもっと後である。それまでは、「労働」は「はたらき」というような、様々な要素を(現在の労働管理の視点からすれば「無駄」と呼ばれるようなことさえも)含んだ多彩な行為の寄せ集めであった(武田晴人『仕事と日本人』)。「唄」と「労働」は未分化であったが、分業体制が進むにつれて、田植唄や稲こき唄などの労作唄が農村から消えていくことは、近代化をたどった国にみられる普遍的な現象である。豊坂村はまさに近代化の真っただ中にあるわけだ。

ほかにも、「それまで、田植のとき、衣服を着飾ったり、嫁を選定したりする風俗も、自然に改まる」と記されてある(七三頁)。また、共同労働や共同購入が奨励され、協同組合の活動も盛んである。さらには、旧来の商人の複雑な慣習に支配された市場を取り除き、「公共的市場」を設立している(一〇五頁)。かといって、競争は失われない。生存競争の助長は村では必要不可欠である、という（一五四頁）。豊坂村の労働は近代的労働なのである。

一方で、『旅行記』のユートピアは少し異なるようにみえる。ここでは、労働とは創造的行為だという。アレクセイの案内人であるミーニンはこう述べている。「人間は自然と向かいあい、労働は宇宙のあらゆる力と創造的に触れあって、新しい存在形態をつくりだしているわけです。労働する者一人一人が創造する者であり、それぞれの個性の発揮が労働の芸術であるわけです」。そして、村での農民的なくらしは、一番健康によく、一番バラエティに富んでいて、それが人間の自然な姿である、とミーニンは言う。資本主義および社会主義が期待する、第三者に制御されるような「労働」の概念を崩し、労働の担い手自身の自由な発想にゆだね、労働を美に再統合させることが、ここでは原則として目指されている。この本来の人間の自然な姿から人間を引きはがしたのが「資本主義の悪魔」にほかならない、という。

ここには、モリスの継承者としてのチャヤーノフの姿さえ見ることもできよう。モリスのユートピアの住人は、労働には報酬は必要ない、「創造の喜び」だけで十分だ、と主人公に答えていたのだった。ここに、近代的な労働観を「神聖」化する『模範町村』との大きな違いがある。

ただし、重要なのは、チャヤーノフが理想の設計をこれだけで終えていないことである。たとえモリスのユートピアが訪れても、農民が余剰生産量を作るという意欲を保たないかぎり、食料生産量が急落し、飢饉が蔓延することを予想しているからだ。戦時共産主義が導入された内戦期のソヴィエト・ロシアで発生した深刻な飢饉を、チャヤーノフは同時代人として経験していた。それゆえに、「労働の刺激」のないことが生産力を下降させることを、ボリシェヴィキへの批判も込めてこの小説で述べている、とも読める。ミーニンは、この国では、出来高払い制、組織者へのボーナス、価格プレミアの上のせなど、経済的刺激を導入しているとクレムニョフに述べている。

モリスと異なるのはそれだけではない。この国は、現在の感覚からしても信じられないほどの農業生産力を誇っている。ミーニンによれば、収量は一デシャチーナ（約一ヘクタール＝一〇〇メートル×一〇〇メートル）あたり五〇〇プード。一プードは一六・三八キログラムだから、一ヘクタールあたりの収量は八一九〇キログラムである。ちなみに、二〇一一年の日本全国の平均の小麦平均収量は一ヘクタールあたり三五一〇キログラム。同年の水稲の平均収量は一ヘクタールあたり五三〇〇キログラムである。ミーニンによれば、ユートピア国の農法は、「一穂一穂手塩にかけて世話をするやり方」だという。つまり、膨大な人口の農民たちによる「手作業」なのである。

チャヤーノフのユートピア国では、近代的な労働概念を解体し、芸術的な創造と結びつけることが念頭に置かれている。機械生産ではなく手作業を重視しつつ、一方で、経済的な刺激を与えて生産力を落とさないようにしている。

農業機械、農薬、化学肥料などに膨大な費用をかけて到達した現代日本の水稲生産量さえをも圧倒的に凌駕するこの生産力が、どうして手作業によって達成可能になったのか。これについては、『旅行記』のなかでははっきりと説明されていない。序文を執筆したオルロフスキーは、徹底的な労働強化の可能性を示唆している。高度に緊張した労働、消耗的な長時間労働である。

たしかに、そういう面もあるだろうが、それだけでは不十分であろう。というのは、創造的な労働は、単なる理想ではなく、この国の根幹の原理に位置づけられているからだ。では、生産性と芸術性をどのように併存させるのか。そこで注目したいのがこの国の科学技術である。

第一に、『旅行記』のなかでは、天候を自由に操ることのできる農業技術兼軍事技術の

「磁気ステーション網メテオロフォール」も使用されている。科学技術の力によって天候をコントロールできるのみならず、敵国の軍隊さえも吹き飛ばすことができる。「土地整備の総合計画」もいうまでもなく見逃せないハイテクノロジーであるが、天候の制御は小説のなかでもとりわけ異彩を放つ技術だ。天候のコントロールは、旱魃や洪水を防ぐことができるのみならず、農業生産に計画性をもたらすことから、その影響力ははかりしれないだろう。

第二に、優生学である。『旅行記』のなかでは、発達した生命科学の知識に基づいて、優秀な能力をもつ人間を残すことが実施されている。直接的には書かれていないが、これはいうまでもなく人間の労働能力の改良をも意味するだろう。小農的かつ工芸的な価値観を認め、農民を国家の主人公にすることと、天候の制御と遺伝的な改良を行なうことが、この国では、つまりチャヤーノフの思考実験のなかでは等価交換されているわけだ。もちろん、チャヤーノフはこの事実を芳《かんば》しく思っていない。主人公アレクセイが「暴政だ」と叫ぶのは、まさにこの事実を知ったときなのだから。

興味深いことに、横井の『模範町村』でも科学技術の成果はふんだんに登場する。火力乾燥機、共同孵化器、温室の促成栽培など、どれもが豊坂村の文化水準の高さを証明するものとして描かれている。『模範町村』は、労働と娯楽の監視と規律、風紀の粛正、カリスマ村長の下の大同団結（批判者が生まれてもすぐに意見が一致する）、という面から、筆者はかつてファシズム的であると指摘したことがあるが、横井は自覚がないだけ、豊坂村は独特の同調圧力に満ちている（藤原辰史「二〇世紀農学のみた夢と悪夢――ナチスは農業をどう語ったのか？」）。

農民ユートピア国もまた、そういう意味ではファシズム体制と似てなくもない。生命の操作、科学技術信仰といった要素――これらは、社会主義体制では抑圧されてしまう「自由」「自発性」「創造性」といったものを労働の領域に温存するためには必要であった。これを無制限に解放してしまうと、社会がコントロールできなくなるからだ。それゆえ、直接的に身体と心理を制御するのではなく、生命機能や科学技術など、周縁的な場所での制御に力が投入されている。ソフトな管理網が張り巡らされているのである。

4　小農経営と自然環境――チューネンを媒体に

それにしても、チャヤーノフは、どうして『旅行記』に天候のコントロールできる技術を描かざるをえなかったのか。作者の意図を知ることは難しい。当時のロシアで、天候の制御という夢がどれくらい語られていたか、調べることもできるかもしれない。あるいは、気象学の歴史を紐解くことも、何らかのヒントを与えてくれるかもしれない。

だが、ここではチャヤーノフの学問および思想に即して考えてみたい。これまであまり注目されてこなかったが、『小農経済の原理』のドイツ語版（一九二三年）には、経済地理学的な観点から農民家族経営の特質が論じられている（一九二五年のロシア語改訂版では削除されている）。第七章「農業における立地問題と農民経済」がそれにほかならない。

この章では、ドイツの経済学者ヨハン・ハインリッヒ・フォン・チューネンの『農業と国民経済に関する孤立国』（一八二六年　以下『孤立国』）で展開された議論を批判的に発展させている。『孤立国』の冒頭でチューネンはこう宣言する。「一つの大都市が豊沃な平野の中央にあると考える。平野には舟運をやるべき川も運河もない、平野はまったく同一の土壌よりなり、至るところ耕作に適している。都市から最も遠く離れたところで平野は未耕の荒地に終わり、もってこの国は他の世界とまったく分離する」。都市（市場）との距離だけが問題となるような、いわば無菌室のような思考の実験室で、チューネンは、彼自身が尊敬するアルブレヒト・ダニエル・テーアを批判する。近代農学の定礎をうち立てたテーアは「輪栽式農法」をドイツ各地域に導入することを推奨していたからだ。イギリスからドイツに輸入されたこの「輪栽式農法」は、中世以来の「三圃制農法」のように三年に一度、休耕地（家畜を放牧させ、その糞尿で地力を回復する）を設定することなく、また「穀草式農法」のように短期の穀物栽培と比較的長期の牧草栽培を交互に繰り返すのでもなく、たとえば、小麦、クローバー（地力回復のため空中窒素固定ができるマメ科植物を植える）、大麦、カブというように、休みなく土地を利用する農法である。チューネンは、北西ドイツのローストックから二十キロメートルほど離れたテロウ農場の経営主であったが、そこの詳細な簿記を分析しながらこう結論づける――原理的にいって、すべての地域で「輪栽式農法」を導入することは困難であり、市場からの距離だけを考えても「三圃制農法」や「穀草式農法」が適している場合がある。チューネンの思想の中心には「地力」がある。地力を必要以上に収奪する農法を、「次世代に対する責任」という倫理的観点から批判する。土地を単に生産構成要素としてみるのではなく、自然物としてもみているのである。

チャヤーノフはチューネンの理論を批判的に発展させていく。農民経営を考えるさいには、「市場との距離」以外に土地の状態、気候その他の自然の条件、そして労賃の高低を決定する人口密度を考慮にいれるよう説く。自然環境にかんしては、こう述べている。

自然的与件は、収穫高や生産原価の高さに影響して、収益力計算を根本的に変化せしめるので、同一価格のところでも、すなわち同一等価線（＝同じ穀物価格の地帯を区切る線のこと）の地帯にあっても、自然的状態が異なるにしたがって、異なった経営方式が適当となることがある。

こうして、適当な耕種方式の状態や分布の問題に答えるためには、等価線の網を自然地理的地図《フィージッシュ・ゲオグラーフィッシェ・カルテ》の上に描かねばならぬ。そして、価格の影響と共に自然的状態の影響を考慮に入れて初めて、人間の住む地域の各点について、いかなる経営方式とどの程度の集約度が生産諸力を活用して客観的にもっとも有利なものであるかを勘定することができる。

（磯邊秀俊・杉野忠夫訳。引用にあたっては、原典に基づき、一部改訳した）

これ以外に、チャヤーノフは、人口密度、つまり労賃の高低を重視する研究者を紹介している。だが、チャヤーノフは人口密度をそこまで重視していない。農民経済は、労賃の高低に完全に規定されるのではなく、とくに「経済活動の内容および技術的要因のもっとも有利な組み合わせにかんしては、市場の状況および自然地理的条件によって決定される」と述べているのである。これに対し、資本家的企業は、等価線と自然状態とに相応して客観的に決定されるような場所を選ぶ。農民経営のように主観的な要因から立地を選ぶことが少ない、とチャヤーノフは述べる。つまり、小農経営は、主体的な要因が大きく、多少不利な条件でも経営できるので、経営地がある場所に集中することがない。一方で、企業家的農業経営は経済的に条件の整った場所に集中しやすい、というひとつの結論を導くことができるのである。

ここで特筆すべきなのは、チューネンからチャヤーノフへと引き継がれた「理想郷」の系譜である。まず、イギリス式の生産力の上昇と経営の利潤を最大視する農法が普及しはじめる時代において、土地の地力や個性を重視したことはやはり見逃せないだろう。もともと、チューネンは、「孤立国」を「理想国」として描こうとしていたのだが、それを科学的分析に堪えうるように「モデル」に変換していたのだった（ハインツ・ハウスホーファー『近代ドイツ農業史』）。だが、それだけではない。『孤立国』の後半で、彼は「自然賃金」という理想を述べている。「自己の生産物に対する労働者の自然的な分け前は何か」という問いを立て、現在の労働者は次世代の子どもたちに十分な教育を与えるほどの賃金を与えられていない、という現状を撃つ。

現在は、一方の人間が肉体労働の重さにいまにも倒れそうになってその生をほとんど楽しむことができないでいて、片方の人間は労働を賤しみ身体を用いることを忘れて、健康と快活とを失っているのであるが——そうなると、ひょっとすれば大多数の身分が、その時間を精神的活動とほどよい肉体的労働とに分割し、人間はかくして再び彼の自然な状態と本来の姿——すべての力と素質とを発揮し完成する——に立ち返ることになるだろう。

（近藤康男訳。原典に基づいて一部改訳した）

ここでチューネンもまた、モリスやチャヤーノフと同様に、労働と文化の再統合を目指している。労働者に支払われるべき労賃を、彼は$\sqrt{ap}$とする。aは労働者家族の年間家計費、pは年間労働生産物を指す。それらを乗じたものの平方根を求めるわけだ。つまり、労働者の必要な消費（とくに教育費）を念頭において賃金が確定されるべきだという理想を語っているのである。なお、この数式は彼の墓石に刻まれている。

チューネンが自然賃金の思想を強固なものにしていったのは、彼が共産主義運動に脅威を感じていたさなかでであった。マルクス主義者の訳者近藤康男が一九四六年の日本評論社から出版された『孤立国』の「解説」で「私は彼の労賃論を読むことが好きであるとともに嫌いである」と述べている理由のひとつは、このあたりにあるのだろう。ただ、チューネンが、一八四八年四月十五日、テロウ農場の村民たちに、積み立てに基づく老齢年金制度のようなものを導入していることを見逃してはならない。この試みには、彼の理想の（不完全ではあるが）実現とヨーロッパを吹き荒れた一八四八年革命の影響をみなくてはいけないはずである。

つまり、チューネンが『孤立国』で描いた理想郷は、部分的ではあれ、労働概念および土地概念の再構築であり、より具体的にいえば、人間の内的かつ外的な「自然」の部分的な解放なのであって、さらに突き詰めていえば、次世代に生きる人びとへの責任を農業経営のなかに組み込むことだったのである。責任というのはもちろん、教育の付与と地力の維持にほかならない。

さて、ここで、チューネンの『孤立国』からチャヤーノフの『旅行記』に戻ろう。磁気ステーション網メテオロフォールの導入は、土地の起伏、温度の高低、土壌の状態、降雨の多寡など、自然地理的な特徴の平板化を意味している。生産高を無制限に上昇させていかざるをえない資本制ではなく、生産にブレーキをかけることができる農民経営の最大の特徴のひとつが、この技術の導入によって無意味なものになりかけている。

たしかに、都市は廃絶された。根底的な変革であることに違いはない。土地を選ばない小農経営の特徴を、チャヤーノフは『小農経済の原理』で打ち出すことになるが、『旅行記』ですでに都市を廃絶させたことの意味は、以上のことから重要さが分かるであろう。小農経営が主な形態になれば、都市に人口が集中する理由はない。「独立した存在意義」があった都市から、社会的な結びつきの結節点となる場所へ——都市の意義がこのように根本的に変化する。それとともに、都市の「台座」にすぎなかった農村を世界の中心に据え直している。農村生活の結節点でしかない都市。「中央広場」にすぎない都市。モスクワには四〇〇万人分のホテルがあるが、宿泊者は居住者ではない。建物が集まっているところは「小都市」と呼ばれ、学校、図書館、演劇やダンス向けのホールがあるにすぎない。農村は、たしかに都市を征服したのである。

けれども、『旅行記』には、主題であるはずの、農地で働く人びとの顔がまったく描かれていない。農業集団化のプロパガンダの役割を果たしたセルゲイ・エイゼンシュテインの映画『全線』（一九二九年）で登場するような、俳優として出演した農民たちの生きいきとした表情は、まったく出てこない。非常に平板な労働の状況さえ予測させるに十分なほど、労働描写に乏しい。農業労働は本当に芸術と結びついたのか。じつは、そうではない。労働と芸術との再統合を企画して、逆に、労働と科学技術を、つまり、労働と管理システムとを強固に結びつけてしまったのである。自然としての人間および土地を農業経営へ組み込もうとしたチューネンの試みを、チャヤーノフは、科学技術のとてつもない進歩ということでしか描くことができず、それが自然環境および労働概念の再構築を悲劇へと追いやっているのである。

私は、これを、チャヤーノフの自分自身および農業経済学に対する警告であり、家族経営を主軸にした国家を建設するさいに陥りやすい落とし穴を指摘したものとみなしたい。ミーニンは、資本主義からの離脱によって、労働の芸術性を取り戻すことができることの裏返しとして、人間が「自然な状態に戻りやすい」ことを指摘している。その「怠惰」を食い止めるものとしての科学技術、そして優生学の導入、それがしかし逆に小農経営の解放性を喪失させるというパラドックス。『旅行記』の深刻さ、そして現実的課題は、ここにある。

5　躓きの石としての文化

横井時敬もまた、『模範町村』で都市を痛烈に批判している。そもそも横井は都市憎悪を押し出して憚《はばか》らない人物であった。それは、主人公春雄の両親を、嫌悪感を込めて描いていることからも分かる。一方で、豊坂村は、村の「文芸の趣味開発」に力をいれる。青年団の演劇、舞踏、幻燈、講談、音楽、ビリヤード、そして、素人中心の催し物。これらが、農村の味気なさを和らげ、都市以上の快楽をもたらす。たとえば、仏教の宗派をひとつにまとめる。僧侶は、村民の教化にあたる。家庭円満をアシストすること、大酒をやめさせること、怠け者を矯正することなどが彼らの課題である。豊坂村の宗教は、死人ばかりでなく、生きている人間を扱う、という。余った寺院は、別の公共の目的で使用するところまで徹底している。さらに、風俗倶楽部が風紀を粛正し、婚礼の簡素化も進むこの村は、『旅行記』に描かれた農村による都市の支配まで、あと一歩の理想郷であろう。

ちなみに、横井は、イギリスのエベネザー・ハワードの田園都市構想を意識していた。『思索と感想　鍬を杖つきて』というエッセイ集のなかで、横井は、『模範町村』が田舎から都会への「転亡」を予防し、都会の事業を田舎で行なわせるという「田園繁栄策」の「理想の一部を公にした」ものだと告白している。ただし、「ホワルド氏」の設計は都会の分散をイメージしているのに対し、横井は「田園に都市的趣味」を加えることが主目的だと述べ、ハワードとの違いも、強調している。

ただ、豊坂村の文化は画一的である。稲野村長の好みによって、「婬猥《みだら》な芝居」や浄瑠璃は廃《すた》れてしまっている。娯楽に没頭しないように時計が監視をしている。横井の理想化する「文明的農民」とは、このような類の農民なのである。

他方、チャヤーノフが『旅行記』に登場させた文化は多彩である。古典からアヴァンギャルドまで、さまざまな文化をユートピア国の住人たちは享受している。だが、ここで問題なのは、文化の受け手ではなく、作り手である。自然状態に戻りがちの農民たちは、文化を自ら創造できない。チャヤーノフのなかには、受け手も作り手も農民が担うような素人演劇に芸術的要素を認める横井のごとき発想がない。「天才」しか文化を生みださない、というのが『旅行記』の基本的認識である。その焦りは、横井にはない。チャヤーノフは、それゆえ、「天才」を生みだす方法を考える。これが、生命操作、つまり、優生学の導入のもうひとつの理由なのである。

さらに、両方とも徴兵制に高い評価がなされている。『模範町村』では、この村の青年たちが健康であり、「兵隊として評判の良い」ことが書かれている。もちろん、都市の文化に触れてしまうことに危惧の念を抱いているが、それは農学の講師を派遣することで解決されている。『旅行記』では、「二年間の軍事＝勤労」が「青年や娘たち」に義務付けられている。ユートピア国では兵士の力がなくとも、技術の力で外敵を追い払うことができる。ゆえに、兵役は、陶冶であり、鍛練でしかない。「リズミカルな動作」や「土木工事」や「行軍」は、すべて、この国の文化を高めるためなのである。

人間の生物学的な要素（肉体疲労、満足度、出産）を経済学的に評価することで、小農および農村の強靭さを訴えようとするチャヤーノフと横井は、一方で、人間の生物学的退化を恐れていた。文化が廃れ、自然状態に戻っていく危険性まで考えていた。それを埋め合わせるものとしての「天才」が、優生学であれ、カリスマ村長であれ、登場せざるをえないところに、そして軍事訓練に頼らざるをえないところに、この二つの小説が現代なお読まれるべき意味を認めずにはいられないのである。

6　「エコノミーとエコロジー」を超えて

最後に触れておかなくてはならないのは、チャヤーノフも横井も、あるいは、チューネンもまた、農業経済学者であった、という事実である。もちろん、横井は農学全般、チューネンは経済学全般に通じていたから、農業経済学者というレッテルでは窮屈かもしれない。チャヤーノフの学殖も、農業経済学の枠組みに収まるものではない。ただ、彼らの問題の関心が農業の経済学であったことは、やはり否定できないだろう。

この農業経済学とは、農学という理系の海のなかの孤島である社会科学の分野である。農業経済学という枠内で、政治や経営学、歴史などを学ぶ。三圃制も、村社会も、TPPも、トラクターも、バイオエタノールも、農業法人も、有機野菜もすべてこの分野の射程に入ってくる。幅広く、また捉えがたい学問である。

なぜか。それは、農業経済学が、地盤が不安定な、中途半端な位置に立っているからである。何が難しいのか。それは、生・死・分解の循環のなかで人間に有用な植物や動物を育てる行為である農作業が、経済学的な思考領域をやすやすと逸脱しては、観察者を困らせるからである。生産物が腐りやすいため、パソコンや自動車などよりも輸送が難しく、虫や病気や汚れがつきやすい。食べものに毒素が入り込めば、多くの人びとの生命が危機に瀕する。すでに、チャヤーノフの『小農経済の原理』でみたように、自然地理的条件に大きく影響されることも見逃せない。それゆえ、機械化や労働管理も難しい。そこに、経済学のタガをはめて、なんとか一経営の利潤を増やし、一国家の生産量を増やそうと考えたり、逆に農産物の適切な輸入の量を計算したりするものだから、手続きが複雑になるのである。『孤立国』の前半が科学的な、後半が倫理的な語り口であり、それらが異なった様相を呈しており、のちの学者たちを困らせたのも、その事例のひとつにすぎない。

しかし、ややこしいからこそ、ユニークな試みを生み出す可能性をはらんでいる。既成の経済観念が当てはまらない焦燥感を爽快に感じるようになれば、おそらく、農業経済学の門をたたく心構えの完成であろう。つまり、農業経済学を学ぶものは、経済外的な要素と衝突し、悩み、取り込もうとしては逃げられる鬼ごっこをくりかえさざるをえない。この学の格闘場で、心性、家族、生物、土壌、そしてそれらをつなぐ生態系といった、現代社会においてしわ寄せが及んでいるものと対峙せざるをえなくなる。しかも、この試み自体は、農業経済学だけの問題ではもはやない。これからの学問総体の課題として、経済学と生態学の融合が必然だからである。農業経済学の歴史は、その前史のひとつにすぎない。

チャヤーノフは農業経済学者として、こうした文化的・生態学的・心理的な要因と真摯に向き合った稀有な農業経済学者であるため、現在でもその影響力は大きい。最近では、友部謙一の人口学的観点からまとめられた日本農業史研究からも、チャヤーノフの影響力の息の長さをうかがい知ることができよう。

農業経済学の歴史を整理し、その「原論」の構築に挑戦した原洋之介も、チャヤーノフおよび友部謙一の仕事に触れながら、つぎのように述べている。

自然、家族そして市場の三つの領域が交錯しあう「場」となっているペザント・エコノミーは、家族経済という生産様式が資本主義経済に対する予想以上の適応能力をもっていたことを明らかにしてくれている。さまざまな「市場経済」――土地、労働、農産物などの市場――にかかわりながら、その生計を維持してきた「家族労働単位」の強靭性は、歴史を通じて解体されることはなかった。

(『「農」をどう捉えるか』、一五三頁)

ちょうど、玉野井芳郎がそうであったように、原は従来の市場原理主義的な経済学を批判し、エコノミーとエコロジーの理論的な合一をめざそうとしている。経済学の扱い切れない部分をみつめざるをえない農業経済学は、その絶好の位置に立っている、というメッセージだ。

もちろん、生態系が復元不可能な状態まで破壊された現在、以上のような経済学の可能性を探求することは喫緊の課題であろう。だが、チャヤーノフによる自覚的な小農主義批判と、横井による無自覚的な小農主義の陥穽の指摘は、すでに述べたように、エコノミーとエコロジーの統合が一筋縄ではいかないと警告している。魅力的であるだけにいっそう危険を伴う作業なのである。チャヤーノフの訳者であり彼の小農論に大きな影響を受けた杉野忠夫がやがて満洲移民運動のイデオローグとなっていくことも（藤原辰史「学に刻まれた満洲の記憶——杉野忠夫の「農業拓殖学」」）、また同じ訳者である磯邊秀俊がヒトラー政権下のドイツに留学し、帰国後『ナチス農業の建設過程』を著すことで、ナチス農業政策の先駆性を（冷静な筆致ではあるが）紹介していることも、さらにそのふたりがともに、戦後、過去の自分との直接的な対決を回避し、東京農業大学拓殖学科および東京大学農学部で農業経済学者として活躍していくことも、すべて、この危険性の一例にすぎない。

それでは、どのような視角が、来るべき学問に、すなわち、生命現象と経済現象を同時に説明しうる学問に求められるべきなのか。二つの作品に即して二点ほど指摘し、解説を終えたい。

一つは、再生産過程を「家族」に過重に負担させる構造を脱却するような構図を描くことである。社会が成り立つうえで家族はきわめて重要な要素である。しかし、家族を経済学の前提に据えてしまうと、その再生産過程がブラックボックス化してしまい、逆に家族が果たしてきた台所仕事、生殖、育児のようなはたらきが軽視されてしまう。『旅行記』でいえば、タイムトリップの直前に、一九二一年十月二十七日の法令にしたがって、台所の廃絶を実現することが読者に伝えられていることにも、注意を払うべきだろう。クレムニョフはそれへの違和感を隠さない。第七章の表題にもあるように、家族制度の継続こそがこの小説の現実に対する挑戦なのである。だが、これだけでは、家族のブラックボックス化は解決されない(『旅行記』ドイツ語版の解説者クリシナ・メネッケ=ジェンジェシは、チャヤーノフの弱点は女性の位置づけだと述べている)。その点、豊坂村の公会堂の公衆食堂的かつ娯楽的機能は、興味深い事例を提供してくれている。家族という枠組みは残しつつも、その機能的な負担軽減が描かれているからである。

二つ目は、文化を分析の軸のひとつに据えることである。チャヤーノフも、あるいは原も玉野井も経済学者であり、経済学者の内在的な批判から経済学の可能性を訴えた功績は大きい。しかも、理論のなかで「カネの循環」と「物質の循環」に地域という第三項を加えることで、視野は明らかに広がっている。だが、彼らがとらえようとしている問題は、経済学の拡張だけでとらえられる問題ではない。生態系、経済、地域の三点に、文化という第四項を加え、四点がバランスを保った知の体系ができてこそ、生態環境のなかで「労働」（と近代において規定されたもの）を再解釈する試みが可能になると思われる。経済学が中心である必要はない。哲学が中心である必要もない。中心のない、いわば知の生態学こそが描かれなければならない。チャヤーノフと横井は、ふたりとも経済学に軸を置いていながら、その周縁でしかない文化の重要性に着目した珍しい農業経済学者であった。ただ、ふたりとも文化を「天才」の問題に回収したり、「余暇」という概念に押し込めたりすることで平板に扱ってしまった。つまり、文化の問題として「労働」を再解釈するところまで至っていないのである。

居場所を失った人びと、あるいは、それを失いつつある人びとのためにのみ、理想郷を描くことが私たちにはゆるされている。このとき、理想郷は、その人びとの生死を左右しかねない現実的課題を帯びてくる。労働を喜びに変える、という理想もそれだけでは単なる夢想にすぎない。経済、地域、生態系、そして文化に根を張ることによって、理想は初めて現実的な力を開花しはじめるのである。

（ふじはら　たつし／農業史）

参考文献

磯邊秀俊『ナチス農業の建設過程』東洋書館、一九四三年。

小島定「ア・ヴェ・チャヤーノフの『協同組合論』——ネオ・ナロードニキ主義の農村協同化構想」『商学論集』第五十巻第三号、一九八二年。

小島修一『ロシア農業思想史の研究』ミネルヴァ書房、一九八七年。

武田晴人『仕事と日本人』ちくま新書、二〇〇八年。

玉野井芳郎『エコノミーとエコロジー——広義の経済学への道』みすず書房、一九七八年。

チューネン、ヨハン・ハインリッヒ・フォン『孤立国』近藤康男・熊代幸雄訳、日本経済評論社、一九八九年。

友部謙一『前工業化期日本の農家経済——主体均衡と市場経済』有斐閣、二〇〇七年。

原洋之介『「農」をどう捉えるか——市場原理主義と農業経済原論』書籍工房早山、二〇〇六年。

ハウスホーファー、ハインツ『近代ドイツ農業史』三好正喜・祖田修訳、未来社、一九七三年。

藤原辰史「もうひとつのチャヤーノフ受容史——橋本伝左衛門の理論と実践」『現代文明論』第三巻、二〇〇二年。

藤原辰史「学に刻まれた満洲の記憶——杉野忠夫の「農業拓殖学」」山本有造編『満洲　記憶と歴史』京都大学学術出版会、二〇〇七年。

藤原辰史「二〇世紀農学のみた夢と悪夢——ナチスは農業をどう語ったのか?」『生物資源から考える二一世紀の農学 第七巻 生物資源問題と世界』京都大学学術出版会、二〇〇七年。

モリス、ウィリアム『ユートピアだより』五島茂・飯塚一郎訳、中公クラシックス、二〇〇四年。

横井時敬『小説 模範町村』讀賣新聞社、一九〇七年。

横井時敬『横井博士全集第五巻』大日本農会、一九二四年。

Thünen, Johann Heinrich von, *Der isolierte Staat in Beziehung auf Landwirtschaft und Nationalökonomie*, Vierte, unveränderte Auflage, Gustav Fischer Verlag, Stuttgart 1966.

Thajanow, Alexander W., *Die Lehre von der bäuerlichen Wirtschaft: Versuch einer Theorie der Familienwirtschaft im Landbau*, Verlagsbuchhandlung Paul Parey, Berlin 1923.

Thajanow, Alexander W., *Reise meines Bruders Alexej ins Land der bäuerlichen Utopie*, Syndikat, Frankfurt am Main 1981.

平凡社ライブラリー　788

農民《のうみん》ユートピア国旅行記《こくりょこうき》

発行日…………2013年6月10日　初版第1刷

著者……………アレクサンドル・チャヤーノフ
訳者……………和田春樹・和田あき子
発行者…………石川順一
発行所…………株式会社平凡社
〒101-0051　東京都千代田区神田神保町3-29
電話　東京(03)3230-6579[編集]
東京(03)3230-6572[営業]
振替　00180-0-29639

印刷・製本 ……株式会社東京印書館
DTP…………エコーインテック株式会社＋平凡社制作
装幀……………中垣信夫

ISBN978-4-582-76788-9
NDC分類番号980.3
B6変型判（16.0cm）　総ページ232

平凡社ホームページ　http://www.heibonsha.co.jp/

平凡社ライブラリー　既刊より

【フィクション】